똑똑한 뇌를 갖고 싶어

초판 1쇄 발행 2025년 1월 10일

지은이   김아영
펴낸이   이영선
책임편집 김종훈

편집   이일규 김선정 김문정 김종훈 이민재 이현정
디자인   김회량 위수연
독자본부 김일신 손미경 정혜영 김연수 김민수 박정래 김인환

펴낸곳 서해문집 | 출판등록 1989년 3월 16일(제406-2005-000047호)
주소 경기도 파주시 광인사길 217(파주출판도시)
전화 (031)955-7470 | 팩스 (031)955-7469
홈페이지 www.booksea.co.kr | 이메일 shmj21@hanmail.net

ⓒ 김아영, 2025
ISBN 979-11-94413-18-9 43810

서해문집
청소년문학
035

똑똑한 뇌를 갖고 싶어

김아영 장편소설

서해문집

| 차례 |

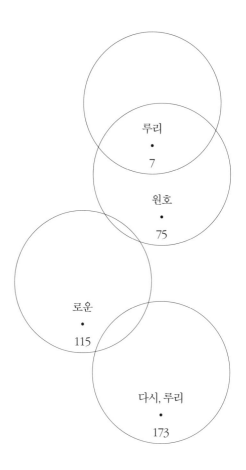

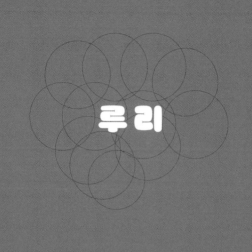

루 리

D-100

저녁을 먹은 후 바로 영자 신문 기사를 출력했다. 어제는 계획한 공부 목표량을 85퍼센트밖에 달성하지 못했다. 오늘은 더 집중해야 한다.

불고기에 상추쌈을 너무 많이 먹은 탓일까? 눈꺼풀이 무겁게 내려앉고, 하얀 종이 위의 영문은 까만 점처럼 보였다. '집중력을 높여 주는 ASMR'을 틀어 놔도 잠깐 정신을 차릴 뿐, 머릿속은 장작 타는 소리로 가득했다.

겨우 영자 신문 기사를 요약했다. 잠깐 쉬었다 수학 심화 문제를 풀어야 하는데 이대로는 집중할 수 없을 것 같았다.

방 한쪽에 놓인 전자피아노 앞에 앉아 휴대폰을 거치대에 올렸다. 브이로그를 찍기 위해서다. 피아노 건반과 내 손가락만 나올 수 있도록 휴대폰 카메라 각도를 조절한 뒤, 녹화 버튼을 눌렀다.

마음 같아선 당장 영화 〈말할 수 없는 비밀〉의 OST 쇼팽 왈츠를 자유자재로 연주할 수 있을 것 같았다. 하지만 현실은 눈이 악보를 따라가지 못했고 몇 마디 치지 않아 실수를 계속했다.

여기서 포기할 내가 아니다. 바로 유튜브에서 '쇼팽 왈츠 빨리 치는 방법'을 검색했다. 유튜버가 친절하게 왼손과 오른손을 따로 연습하는 방법을 알려 줬다. 유튜버를 따라 연습하자, 서서히 손가락이 풀리기 시작했다. 왼손과 맞아떨어지는 오른손의 음들에 악센트를 넣어 주니 곡이 더 경쾌해졌다. 내 손가락이 마치 영화 속 주인공처럼 피아노 위를 자유롭게 누비기 시작했다.

문득 시계를 보고 깜짝 놀랐다. 망했다. 벌써 한 시간이나 지났다. 부랴부랴 휴대폰 거치대를 책상 위로 옮겼다. 그러고는 다시 카메라 녹화 버튼을 눌렀다.

[VLOG] 재원학교 입학을 향해 달리는 중3의 공부만 해 대는 브이로그!

안녕하세요, 공부하는 이루리예요.
저녁 먹고 NIE 기사를 요약 정리하다 졸려서 피아노를 쳤어요.
제가 제일 좋아하는 연주곡은 영화 〈말할 수 없는 비밀〉 OST 쇼팽 왈츠예요.
이제 많이 쉬어 체력을 회복했으니 다시 달려 보겠습니다!

21:20~23:30 수학은 노트에 풀이 과정까지 깔끔하게 정리!

23:30~00:20 영어 3800제 풀기

00:20~01:20 과학 하이탑 문제집 서술형 풀기

4시간을 쉬지 않고 책상에 앉아 있었더니 머리가 멍해져 잠깐 창문을 열었어요.

영영 여름이 끝나지 않을 것 같았는데, 새벽 공기가 차가워졌더라고요.

이젠 재원학교 입학시험 1차 발표까지 100일 남았네요.

오늘 순수 공부 시간은 10시간 21분 34초.

계획 목표 달성률은 85%.

아, 어째서 계획한 목표를 달성하지 못하는 걸까요?

정답! 점심, 저녁 다 먹고 피아노 치고 싶은 거 다 치니까.

내일, 아니 오늘은 진짜 열심히 공부할게요!

내 이름은 이루리. 열여섯 살, 중학교 3학년이다.

초등학생 때부터 내 꿈은 전국의 영재들만 모인다는 재원학교에 입학하는 거다. 재원학교는 대한민국에서 과학, 의료는 물론 정치, 경제 등 모든 분야에서 최고의 인재를 배출하는 명문 고등학교다. 이 학교의 졸업생들은 국내외에서도 높은 평가를 받으며 각 분야의 리더로 활발히 활동하고 있다.

난 초등학교 6학년 때부터 재원학교 입학을 목표로 나만의 공부 방법을 찾아냈다. 공부를 시작할 때마다 스톱워치를 켜고 내가 공부하는 모습을 브이로그로 촬영하기 시작한 거다. 누군가는 재원학교 입시를 준비하며 무슨 공부 브이로그냐고 할지도 모른다. 난 일기를 쓰듯 브이로그에 그날 계획한 목표를 점검하며 성취도를 기록한다.

처음엔 브이로그를 비공개로 시작했다. 그러다 작년 겨울에 공개를 결심했다. 이유는 간단하다. 혼자서 공부하는 것보다 다른 브이로거들과 서로 공부법은 물론 재원학교 대비 문제집과 유용한 정보들을 공유하기 위해서다. 솔직히 말하면 내가 아는 누군가가 내 영상을 봐 주길 바라고 있지만, 그 애는 내가 브이로그를 하는지도 모를 거다.

오랫동안 영상을 유튜브에 올리다 보니 구독자가 만 명을 넘었다. 난 나름 공부 브이로거들 사이에서 꽤 유명하다. 이게 다 내가 사용하는 공부 플래너를 비롯해 꾸준히 공부법에 대한 정보를 공유하기 때문이다. 하루가 멀다고 찾아와 댓글을 남기는 사람들도 있다.

물론 나도 다른 사람의 공부 브이로그 채널을 구독하고 응원 댓글을 남긴다. 나에겐 부산에 사는 초등학생 친구부터 일본에 사는 고등학생 친구들까지 있다. 그들은 나와 함께 밤을 새워 공부하며 서로의 생존을 확인하는, 전쟁터의 동지 같은 존재다.

엄마는 공부에 방해가 되지 않은 한 적당히 브이로그를 해도 된다고 했다. 난 '적당히'가 어렵다. 열심히 해 본 사람만이 '적당히'가 얼마큼인지 알 수 있기 때문이다. 물론 그런 것까지 허락받아야 하냐고 묻는 사람도 있지만 난 우리 엄마를 사랑한다.

엄마는 삶을 살아가는 데 '정답'만 있는 게 아니라 '해답'도 있다고 말한다. 한마디로 내가 원하는 삶을 사는 방법에는 전교 1등을 하고 꼭 재원학교에 가는 것만 있는 게 아니라고 한다.

친구들은 그런 나를 부러워한다. "공부했니? 몇 점이야? 이번엔 몇 등인데?" 하며 잔소리하지 않는다니. 그런데 솔직히 난 엄마가 나를 포기한 게 아닐까, 생각이 들 때면 섭섭하고 자존감이 떨어지는 게 사실이다. 이게 다 내 동생 때문이다.

내 동생, 이로운은 상위 0.00001퍼센트 천재다.

난 교육청 영재원에 들어가고 싶어 몇 달 동안 학원에 다니며 준비했다면, 내 동생은 교장 선생님의 추천으로 대학교 부설 영재원 시험을 쳤다.

"어머니, 로운이는 모든 분야에서 실력이 월등하니 한국대학교 영재원에 지원해 보는 건 어떨까요? 우수한 학생들과 함께 교수님에게 사사하면 좋겠어요. 학교에서도 우리 로운이 앞날이 많이 기대된답니다."

난 학원에 다니며 겨우 교육청 영재원에 합격했지만, 로운은 특별한 준비도 없이 대학교 부설 영재원에 1등으로 들어갔다. 게다가 고등학교 수학 선행을 몇 달 만에 끝낸 건 물론 대학교 논문을 술술 읽을 수 있는 열네 살 천재….

사실 로운이 처음부터 천재였던 건 아니다.

로운은 걸음마를 떼는 것도, 말을 처음으로 하는 것도 늦었다. 놀이터에서 놀다가 옷을 입은 채로 오줌을 싸기도 했다. 로운은 아이들에게 자주 놀림을 받았고 따돌림을 당했다. 학교에서도 자리에 앉아 가만히 수업에 집중하지 못했고 배운 걸 기억하지 못해 자꾸 딴소리했다. 그러다 보니 선생님들 손에 잡혀 매일 혼이 났다.

그러던 어느 날, 로운이 가슴이 아프다며 울고불고 난리를 쳤다. 엄마가 달래도 소용없었다. 결국 화를 참지 못한 로운이 기차 모양의 연필깎이를 던졌다. 연필깎이가 거실 벽 모서리에 부딪히면서 파편이 엄마의 눈썹 위를 스쳤다.

엄마는 내 비명 때문인지, 로운의 울음소리 때문인지, 얼굴을 타고 흘러내리는 핏물 때문인지, 잠시 정신을 차리지 못했다. 그러더니 욕실로 가서 수건으로 상처 부위를 감싸며 말했다.

"루리야, 아빠에게 전화 좀 해 줄래? 엄마는 괜찮으니까 걱정하지 말고. 집으로 좀 와 달라고 해 줘."

입시 학원가로 유명한 동네에서 정신건강의학과 의사로 일하던 엄마가 병원 문을 닫은 건 그쯤이었다. 엄마 아빠는 자신들이 아는 인맥을 총동원해 유명하다는 치료센터는 죄다 돌아다녔다.

그러다가 중학교 입학을 앞둔 지난 겨울방학에 로운은 수술을 받았다. 심장에 문제가 있어 아빠가 일하는 종합병원에서 수술한다고 했다. 그런데 로운이 나에게 놀라운 사실을 알려 줬다.

"언니, 이제부터 나 똑똑해질 거래. 아이들이 놀리지도 않고, 선생님이 화를 내지도 않을 거래. 모두가 나를 부러워하고 칭찬하게 될 거래."

"그게 무슨 말이야?"

로운이 손가락으로 자기 가슴이 아닌, 머리를 가리켰다.

"아빠가 그러는데 난 가슴이 아픈 게 아니라, 여기 머리가 아픈 거래. 그래서 뇌수술을 받게 될 거라고 했어."

심장이 아픈 게 아니라, 뇌가 문제라니⋯. 그때까지만 해도 나는 로운이 받게 될 수술이 정확히 무엇인지, 어떤 결과를 가져올지 짐작조차 하지 못했다.

그러나 로운이 뇌수술을 받은 후 모든 게 달라졌다.

이제 로운은 어디를 가든 손을 잡아 줘야 하고, 돌봐 줘야 할 아이가 아니었다. 학교 가기 싫다고 울며 물건을 집어 던지던 모습도 사라졌다. 더불어 지금까지 내가 듣던 칭찬과 인정은 로운에게 향했다. 로운은 책을 읽었을 뿐인데 스페인어, 중국어, 고대 그리스어까지 깨우쳤고 미적분 문제를 풀었다.

그러니까 뇌수술을 받지 않는 한 로운의 천재성을 따라잡을 수 없다. 아무리 365일 잠을 자지 않고 목표한 공부량을 달성한다고 해도 말이다. 이 사실을 알면서도 내가 계속해서 '노오오력'하는 건 여기서 주저앉을 수는 없기 때문이다.

내가 천재가 아니라는 이유로, 내 두뇌의 한계를 안다고 공부를 포기해 버리면 더 멋진 사람이 될 기회마저 포기해 버리는 거라고 했다. 공부는 다른 사람과 '경쟁'이 아닌, 내 '성장'을 위해서 하는 거라고 했다.

사실 이 말은 구독자가 50만 명이 넘는 인기 북튜버, '호모 스투디오수스' 줄여서 '호스' 님이 댓글로 남겨 준 조언이었다. 호스 님은 엄청난 다독가다. 모르긴 몰라도 하루에 적어도 책을 두세 권씩은 읽는 것 같다. 호스 님은 직접 영상에 출연하지는 않는다. 대신 자신이 찍은 사진이나 직접 그린 일러스트를 이용해 영상을 만드는데 책의 분위기와 잘 어우러져 집중해서 보게 된다. 게다가 어려운 책을 쉽게 설명해 줘서 보고만 있어도 유식해지는 느낌이랄까?

와, 호스 님! 제 브이로그를 구독해 주시고 댓글을 남겨 주시다니 정말 영광이에요.

호스 님 말씀처럼 나 이루리는 내 방식대로 나를 뛰어넘으며 나만의 길을 간다! 내일은, 아니 오늘은 진짜 계획한 목표 이룬다!

D-80

[VLOG] 전교 1등 이루리의 주말 공부 브이로그

안녕하세요, 공부하는 이루리예요.

여러분도 아시다시피, 저는 공부 시작 전에 항상 플래너를 써요. 다음에는 스마트 패드로 공부 플래너 작성하는 방법을 영상으로 만들어 올릴게요.

오늘은 오전 9시부터 오후 3시까지 영재원에 다녀왔어요.
그리고 바로 독서실 도착! 역사 인강 들으면서 공부를 시작했어요.
영재원 다녀와 바로 공부를 시작했는데도, 계획한 목표를 많이 달성하지 못했어요.

아, 그러고 보니 오늘 독서실에서 스톱워치를 켜지 않았더라고요.

★ 17

이런 실수를 저지르다니, 정말 평소의 저답지 않죠?

내일은 도서관 봉사활동, 다음 주는 과학 탐구 토론 대회.

도대체 기말고사 시험공부는 언제 하죠? ㅋ

오늘 하루를 단 몇 줄로 요약했지만, 저 안에는 수많은 이야기가 숨겨져 있다. 이렇게 심하게 축약되고 생략된 문장 속에 숨은 내 감정이 제대로 전달될 수 있을까? 브이로그를 찍으면서 재미있는 부분 중 하나가 바로 이거다. 누군가가 내가 자막에 담아낸 감정을 알아채고 댓글로 남겨 주길….

영재원에 가는 매주 토요일은 아침부터 설렌다. 공식적으로 최원호와 만날 수 있기 때문이다.

최원호는 1학년 겨울방학이 끝나고 우리 학교로 전학을 왔다. 축구로 유명한 중학교에서 선수로 뛰다 그만뒀다는 소문이 쫙 퍼졌다. 초등학교 내내 축구만 했다지만, 2학년이 되고 나서 네 번의 중간고사와 기말고사를 치르는 동안 거침없이 성적이 향상됐다. 3학년 첫 중간고사에서는 전교 5등을 차지해 모두를 놀라게 했다.

사실 나는 지난가을까지만 해도 원호를 잘 몰랐다.

우리 학교는 해마다 가을이 되면 반 대항 남녀 축구 리그전을 개최했다. 우리 반 남학생 리그 팀은 진작 예선에서 탈락했지만, 여학생 리그 팀은 본선까지 진출해 결승전을 앞두고 있었다. 결승

전 상대 팀은 부전승으로 올라온 데다, 실력 면에서 우리 반 우승이 거의 확실해 보였다. 반 대표 선수들은 물론 여자아이들 모두 급식을 10분 만에 해치우고 운동장에 모여 연습 경기를 했다.

우리 반에만 축구 선수들을 모아 놓은 건지, 아니면 매일 점심시간마다 강훈련으로 단련된 건지, 아이들은 거침없이 공을 드리블하며 운동장을 뛰어다녔다. 그에 비해 나는 살짝만 뛰어도 숨을 헐떡거리고 쫓아가지 못했다. 공부한다고 책상에만 앉아 있던 지난 시간이 후회됐다. 평소 줄넘기라도 좀 할 걸 그랬다. 반 아이들은 내 운동 실력을 잘 알기에 나에게는 공을 보내지 않았다.

그런데 그날은 공이 내 앞으로 굴러왔다. 순간 머리가 새하얘졌다. 나는 에라 모르겠다는 마음으로 달려가 힘껏 공을 찼다. 그리고 정신을 차렸을 땐, 여기저기서 탄식하는 소리가 들렸다.

"아…."

헛발질이었다. 옆에 있던 아이가 "괜찮아" 하며 내 어깨를 두드려 줬다.

그때 운동장이 떠나갈 듯 함성이 울려 퍼졌다. 모두 동작을 멈추고 반대편 골대를 쳐다봤다. 남자애가 운동장을 가로질러 달려오고 있었다. 나와 10미터도 되지 않는 거리에서 걸음을 멈췄다.

순간 숨이 멎었다. 시간이 멈춘 듯 그 애의 이마와 목덜미를 타고 흘러내리는 땀방울이 운동장 바닥으로 떨어지는 것까지 선명하게 다 보였다.

주변에서 환호성이 터져 나왔다.

"야, 최원호 또 골 넣었어. 역시 선수 출신은 다르네."

그때서야 그 아이가 최원호라는 걸 알았다. 축구 선수 출신이라는 것도.

그런데 최원호는 어딘가 아픈 듯 허리를 굽힌 채 거친 숨을 몰아쉬었다. 주변에 있던 아이들은 최원호가 고통스러워 하는 걸 알아채지 못하는 듯했다. 그저 득점한 기쁨에 휩싸여 우르르 달려와 매달렸다. 다시 연습 경기가 시작됐지만, 난 최원호의 뒤통수에서 눈을 뗄 수 없었다.

그날 이후 최원호는 자주 내 눈에 띄었다. 복도에서 마주칠 때마다 그날 아이들이 내지르던 환호성, 운동장에 맴돌던 모래 냄새와 최원호의 가쁜 숨소리가 떠올랐다.

3학년이 돼서도 우리는 같은 반이 아니었다. 그런데 올해 원호가 영재원에 합격하면서 우리는 매주 토요일마다 만나게 됐다. 둘다 부모님이 데리러 오시지 않아 자연스럽게 같은 지하철을 탔다. 물론 우리가 같이 지하철을 탄다는 건 아니다. 그냥 우연히 같은 칸에 탄다는 뜻이다.

우리 학교에서 영재원에 다니는 사람은 우리 둘뿐이다. 이 사실을 알면서도 원호는 한 번도 아는 척하지 않았다. 나 역시 먼저 말걸기가 어색했다. 과학 실험을 할 때 같은 조가 되면 자연스럽게 친해질 수 있을 거라고 기대했지만, 1년이 다 되도록 기회조차 없었다.

영재원 수업이 끝나자마자, 독서실에 가기 위해 서둘러 지하철 역 계단을 내려갔다. 그때 누군가가 내 이름을 불렀다. 처음엔 잘 못 들은 줄 알았다. 주위를 두리번거리며 뒤를 돌아봤다. 최원호 였다.

"헉!"

너무 놀라 그만 발을 헛디뎠다. 그대로 계단 세 개를 건너뛰며 굴러떨어졌다. 무릎이 다 얼얼했다. 손바닥은 계단 철제 모서리에 쓸려 핏방울이 맺혔다. 아, 따가워.

"이루리, 괜찮아?"

원호가 주저앉아 있는 내 어깨를 잡았다. 나도 모르게 반사적으로 원호의 손을 쳐냈다.

"아, 미안해. 좀 놀라서."

누가 날 만지는 게 싫다. 내 안전지대를 침범당한 것 같다. 원호가 당황해하며 한 걸음 뒤로 물러섰다. 나도 모르게 한숨이 나왔다. 또 이렇게 되는구나.

사람들은 내가 공부에만 전념하기 때문에 혼자 있는 줄 알지만, 사실 그렇지는 않다. 나에겐 말할 수 없는 비밀이 있기 때문이다. 마음을 터놓고 가깝게 지내다가 덜컥 비밀을 털어놓기라도 한다 면…. 으으윽, 생각하기도 싫다. 그래서 공부 브이로그를 찍는다. 라이브는 입 밖으로 흘러나오면 되돌릴 수 없지만, 녹화는 다시 찍을 수 있고 편집도 가능하니까.

자리에서 일어나며 아무렇지 않은 척 무릎에 묻은 먼지를 털었다. 최원호 앞에서 이런 모습을 보이다니…. 무릎이 아픈 것보다 계단에서 우스꽝스럽게 넘어진 모습이 더 부끄러웠다.

"근데 왜 불렀어?"

"너한테 물어볼 게 있었는데…. 까먹었다."

원호가 머리를 긁적이며 웃었다. 시간을 되돌릴 수만 있다면, 계단에서 넘어지기 딱 30초 전으로 돌아가고 싶다.

원호가 내 표정을 살피더니 말했다.

"망각하는 자는 복이 있나니, 자신의 실수조차 잊기 때문이다."

"어?"

"프리드리히 니체."

"아."

나는 감탄인지, 신음인지 알 수 없는 소리를 내뱉었다.

내가 가방에서 주섬주섬 교통카드를 꺼내자, 원호가 물었다.

"넌 어느 쪽으로 가?"

"난 오른쪽."

내가 몸을 돌려 개찰구를 가리키자, 원호가 또 빙긋 웃었다.

"나도! 같은 방향 지하철을 타는 줄 몰랐어."

원호랑 함께 지하철을 탄다는 사실이 믿기지 않았다. 한편, 우리가 매주 토요일마다 같은 지하철을 타고 있었다는 걸 이제야 알아차렸다니. 조금 서운하기도 했다. 하긴 관심이 없으면 모를 수 있지.

우리는 나란히 플랫폼으로 내려갔다. 왜 이렇게 계단이 짧은지. 불과 몇 분 전에 넘어져서 슬라이딩했는데, 이 계단이 십만 개쯤 더 있었으면 좋겠다고 생각하는 내가 웃겼다.

"넌 부모님이 데리러 오시지 않아?"

나는 다 알고 있으면서도 모르는 척 물었다.

"응. 너는?"

"나도. 어린 애들도 아닌데 왜 부모님이 차로 데리러 오시는지 이해가 안 가."

그야 다들 영재원 끝나면 학원으로 바로 가니까. 재원학교 입학 시험이 얼마 남지 않아 유명 입시학원으로 가는 걸 원호는 모르는 모양이었다.

원호가 불쑥 재원학교 얘기를 꺼냈다.

"이루리, 넌 재원학교 입시 공부를 어떻게 해?"

"공부라고 하긴 그렇고. 워낙 범위도 넓고 어려워서. 올림피아드 시험 보면서 계속 준비해 왔어."

"올림피아드? 그게 뭔데? 올림픽 같은 건가?"

물론 모두가 올림피아드에 나가는 게 아니라는 걸 나도 안다.

"비슷한데 좀 달라. 올림픽은 4년마다 치르지만, 올림피아드는 매년 열려. 현행 중학교 교과서를 본 적 없는 대학 교수님이 내는 시험이라고나 할까?"

원호가 고개를 갸웃거리더니 말했다.

"그거 좀 이상한데? 중학생한테 챔피언스리그를 뛰라는 거잖아."

"응?"

"타고난 재능이 있는 애들만 빛을 보고, 나머지는 그만두게 되지 않을까? 축구를 좋아하던 애들도 결국 싫어지는 것처럼."

올림피아드에서 좋은 점수를 받고 색깔 메달을 따고 싶다는 생각에만 집중했지, 그 시험 자체가 어떤 의미가 있는지는 생각해 보지 못했다.

"이루리, 넌 왜 재원학교에 가고 싶어?"

"난 대학에서 인간 행동에 대해 공부해 보고 싶어. 재원학교에서 배우는 교과나 프로그램이 도움이 될 거야. 게다가 전국에서 다 모이니까 다양한 사람들을 만나면서 인간 관계에 대해서도 더 많이 배울 수 있고."

누가 들어도 모범 답안 같은 말을 늘어놓았다. 사실은 재원학교가 대학 입시에 유리하기도 하고 내 실력이 어느 정도인지 시험해 보고 싶다는 말은 하지 않았다.

"와, 대단하다! 역시 우리 학교 전교 1등이야."

원호의 칭찬에 가슴이 살짝 뛰었다.

"누구나 지원할 수 있어. 원호 너도…."

지하철이 플랫폼으로 들어오면서 내 목소리가 소음에 묻혀 버렸다. 원호가 내 쪽으로 몸을 기울였다.

"뭐라고?"

순간 숨이 턱 막혔다. 내가 뭘 말하려 했더라? 아, 맞다. 원호도 재원학교에 지원하라고? 나는 초등학생 때부터 준비해 왔는데… 이제 와서 지원하라니 말도 안 되는 소리다.

나는 급히 손사래를 치며 말했다.

"아, 아무것도 아니야."

어떻게 독서실까지 왔는지 기억도 안 난다. 지하철 안에서 원호에게 즐겨 듣는 음악부터, 학교에서는 아무에게도 말하지 않았던 공부 브이로그를 하고 있다는 사실까지 주절주절 털어놓았다. 그런 말을 꺼낸 의도는 단 하나였다. 재원학교 기숙사로 들어가더라도 원호랑 계속 연락하며 지내고 싶은 마음!

원호랑 휴대폰 번호를 교환하고 독서실로 왔다.

역사 인강을 틀어 놓았지만 하나도 귀에 들어오지 않았다. 내 16년 인생을 통틀어 가장 놀라운 역사적 사건이 일어났는데, 200여 년 전 조선 개화기 사건이 머릿속에 들어올 리가 없었다. 인터넷 강의를 듣는 둥 마는 둥 책상 앞에 앉아만 있다가 결국 가방을 쌌다. 그리고 집에 오자마자 영상을 편집해 바로 유튜브에 올렸다.

나는 숨을 죽인 채 휴대폰 화면에서 눈을 떼지 못했다. 내가 올린 영상 아래에 '좋아요' 수가 하나둘 올라오기 시작했다. 댓글들도 달렸다. 딱히 눈에 띄는 댓글은 없었다.

계단에서 넘어질 때 쓸린 손바닥 상처가 긴장이 풀리면서 아팠다. 안방 화장대에서 비상약 통을 꺼내 상처 위에 조심스럽게 일회용 밴드를 붙였다.

어려서부터 로운은 넘어져 무릎이 까져도, 눈에 보이지 않을 정도로 작은 상처에도 일회용 밴드를 붙여 달라고 울곤 했다. 밴드를 붙이고 나면 언제 아팠냐는 듯 다시 웃으며 쪼르륵 뛰어가던 로운의 모습이 떠올랐다.

손바닥에 밴드를 붙이니 정말 거짓말처럼 아픔이 사라졌다. 로운이 왜 그렇게 밴드에 집착했는지 조금은 알 것 같았다.

그때 댓글 중 하나가 내 시선을 사로잡았다. 나는 얼른 일회용 밴드 포장지를 쓰레기통에 던져 놓고는 댓글을 읽기 시작했다.

┗ 루리 님은 오늘 특별한 하루를 보내셨나 봐요. 지금까지 한 번도 그런 적이 없는데 독서실에서 스톱워치를 켜지 않은 이유, 기말고사가 며칠 남지 않았는데 마지막으로 ㅋ 웃음을 날린 이유가 몹시 궁금하네요.

헐, 이 사람 누구야? 순간 얼굴이 확 달아올랐다. 누군가 내 감정을 눈치채 주길 바랐지만, 막상 들켰다고 생각하니 부끄러웠다.

나는 얼른 '니체' 프로필을 클릭했다. 사진은 없고 가입 날짜는 오늘. 구독자 없음. 이 채널에서 활동은 '좋아요' 1개 받음. 물론

'좋아요'를 누른 사람은 나였다.

설마…. 컴퓨터 화면의 모든 글자가 사라진 것만 같았다. 오직 '니체'가 남긴 댓글을 읽고 또 읽었다. 심장이 박자를 잃은 채 뛰기 시작했다.

이 댓글을 쓴 사람이 정말 원호인지, 아니면 그저 다른 누군가의 관심인지는 알 수 없었다. 그러나 이미 내 마음 한쪽에서는 그 답을 알고 있었던 것 같다.

D-65

[VLOG] 구독자 만 명 돌파 기념 Q&A. 저, 이루리의 모든 것을 알려 드립니다!

오늘은 구독자 만 명 돌파를 기념으로 특집 영상을 준비했어요. 그동안 저에게 해 주셨던 댓글들로 Q&A 진행해 볼게요. 여러분이 남겨 주신 질문들, 정말 다양하더라고요. 이런 건 처음이라 긴장되네요.

그럼, 시작할게요!

Q 왜 닉네임이 이루리인가요?

– 아, 이건요. 부모님이 지어 주신 제 본명이랍니다. 동생 이름은 로운이에요. 이로운! 자기가 목표한 걸 이루고 세상에 이로운 사람이 되라는 뜻에서 지으셨대요. 좀 단순하죠?

Q 진짜 성적이 안 나오는 과목들은 어떻게 공부하시는지 알려 주세요.

- 저는 주로 교과서를 달달 외워서 쓸 수 있을 정도로 암기했어요. 국어랑 과학은 시험 범위 몇 단원씩 집중적으로 파고들며 문제집 쭉 풀었고요. 수학은 이야기가 넘 길어질 것 같아서, 나중에 따로 영상 하나로 만들어 올릴게요.

Q 항상 전교 1등 멋져요!

- 이건 질문은 아니지만, 제일 많이 남겨 주신 말이에요. 솔직히 우리 학교 시험은 난도가 높지 않고, 선생님들도 시험에 출제하실 내용들을 자세히 알려 주시는 편이에요. 수업 열심히 듣고, 선생님들이 알려 주시는 부분들 꼼꼼하게 공부하면 여러분이 저보다 더 좋은 성적을 받을 수 있을 거예요!

Q 취미는 무엇인가요?

- 소설 쓰기를 정말 좋아해요. 시간 날 때마다 북튜브 보는 것도 좋아하고요. 재원학교 입시 준비 때문에 요즘 취미 생활을 좀 못 하고 있어요. 시험 끝나면 외계인이 지구를 침략해 지구가 멸망하는 SF소설을 쓰고 싶어요.

Q 남자친구를 사귀고 싶은 생각 있나요?

- 기회가 된다면….

Q 학원 다니시나요? 인터넷 강의를 들으시나요?

- 본격적으로 재원학교 준비하면서 학원은 다니지 않아요. 필요할 때는 인터넷 강의를 듣고 있고요. 전 인강 듣고 문제 푸는 게 더 잘 맞더라고요.

Q 선행 얼마나 하셨나요?

- 재원학교 입시 준비하느라 고등학교 선행을 많이 못 했어요. 현재 수학은 등비수열 나가다 말았고 과학은 역학과 에너지 공부하고 있어요.

Q 마지막 질문이에요. 루리 님도 공부를 포기하고 싶으신 적이 있었나요?

- 정말 많았죠. 특히 저에겐 천재 동생이 있다 보니 자꾸 비교하게 되고, 난 아무리 해도 안 되는 건가, 좌절할 때가 있어요. 그러다 북튜버 '호모 스투디오수스' 님이 남겨 주신 댓글을 보고 정신을 차렸죠. 결국 내가 싸워야 할 사람은 동생이 아니라, 바로 나 자신이라는 걸요.

Q&A 영상은 여기까지 진행할게요. 구독해 주신 여러분께 항상 감사드리고 앞으로도 잘 부탁드립니다. 저도 더 열심히 할게요!

구독자 만 명을 넘긴 건 지난봄이었지만, 뜬금없이 Q&A를 진행했다.

다섯 번째 질문, 남자친구에 대한 말은 언제 넣어야 가장 자연스러울까? 일주일을 고민했다. 더 뜬금없이 '이상형 테스트' 영상도 만들까, 하다가 그건 포기. 다른 브이로거들은 릴레이로 이상형 영상 올리기도 하던데, 왜 나에겐 그런 걸 묻는 사람이 없는지. 내가 연애에는 전혀 관심 없는 프랑켄슈타인이나 외계인으로 보이는 걸까?

모든 댓글을 샅샅이 뒤지다가 북튜버 호스 님이 남긴 댓글을 찾아냈다. 바로 내가 가장 하고 싶었던 질문을 콕 집어 물어봐 준 호스 님, 사랑합니다!

ㄴ 루리 님은 남자친구를 사귀고 싶은 생각 있나요?

그럼요, 있고말고요!

D-54

[VLOG] "루리와 같이 밤샘 공부해요" 라이브

순수 공부 시간 10시간 20분 35초

계획 목표 달성률 77%

기말고사가 얼마 안 남았는데 진짜 이렇게 해선 안 될 것 같아요.

오늘 우리 함께 밤샘해요!

오랜만에 밤샘 라이브를 진행했다.

영상 아래 달린 댓글을 보니 '공부하기 싫다가도 루리 님 영상을 보면 하고 싶어요', '덕분에 진짜 집중 잘 돼요', '루리 님 영상으로 힐링 중' 같은 말들이 눈에 띄었다. 와, 내가 누군가에게 도움이 되고 있다니…. 멍때리고 있다가도 정신이 번쩍 들었다. 화면에 얼굴 한 번 나온 적 없는데, '이쁘다'라는 댓글은 좀 당황스러웠다. 도대체 뭐가 이쁘다는 걸까? 내 손가락? 아님, 내 목소리? 목소리가 허스키해서 노래방에서 여자 키로 노래도 못 부르는데…. 그래도 기분은 좋네. 이 댓글은 일단 휴대폰으로 찍어 저장!

나도 집중이 안 될 때는 다른 브이로거의 공부 라이브를 틀어 놓고 공부한다. 볼펜 볼이 종이 위에서 사각사각 굴러가는 소리, 책장을 넘기는 소리를 듣고 있으면 이 새벽까지 나 혼자만 공부하는 게 아니라는 사실에 위로받으면서 나도 더 열심히 해야겠다고 자극받는다.

사실 밤샘 라이브를 진행한 건 진짜로 상황이 심각해서다. 기말고사가 겨우 이틀 남았다.

오늘 10시간 20분 35초 공부했다는 건 다 거짓말이다. 며칠 동안 유튜브에 올린 영상을 처음부터 끝까지 전부 다 봤다. 원호가 내 공부 브이로그를 보고 있을까 봐. 혹시 민망하거나 우스워 보일 만한 영상은 삭제하고 편집하느라 기말고사 준비를 하나도 못 했다. 이렇게까지 학교 시험 준비를 안 한 건 처음이었다. 항상 중간, 기말고사 동안은 여유로웠고 늘 시험 준비를 쉽게 생각했는데….

브이로그 정리를 다 끝내고 나니 아찔했다. 이번 기말고사까지 재원학교 입시에 들어가는데 큰일이다. 이제 진짜 정신 차린다. 오늘 당장 밤샘 공부한다!

D-40

[VLOG] 중학교 마지막 기말고사 성적 공개

이럴 거면 지금까지 왜 공부했는지….

기말고사 완전히 망쳐서 공개하지 않으려고 했어요. 지금도 성적표 찢어

버리고 싶네요!

평균 98.3, 전교 등수 3등

처음 받아 보는 점수, 처음 보는 등수. 담임 선생님이 성적표 주시며 "열

심히 했네. 수고했다" 하고 말씀하시는데 울 뻔했어요. 내가 이것밖에 안

되는 인간인가….

빨리 절망에서 벗어나 본격적으로 재원학교 입시를 준비해야겠어요!

댓글 중에 부러운 등수라며 격려하는 말도 있었다. 지금까지 전교 1등을 단 한 번도 놓쳐 본 적 없는 내가, 밤샘 공부하며 생리통으로 허리가 끊어져 나갈 것 같은 날에도 진통제를 삼키고 공부했는데 3등이라니….

공부할 시간이 빠듯한데도 올림피아드에 참가하고 전교 회장을 했던 건 다 재원학교 입시를 위해서였다. 이번 기말고사 점수만 잘 챙기면 1차 서류 평가를 무난히 통과할 수 있을 거다. 2차, 3차는 누구보다 철저하게 준비를 많이 했다고 자부했으니까. 이 기말고사가 얼마나 중요한지 뻔히 알면서 내가 지금 무슨 짓을 했는지…. 나 자신이 용서가 안 됐다. 며칠 동안 내가 아닌 것 같았다. 이루리, 너 진짜 미쳤다!

담임 선생님이 호출하는 바람에 무거운 발을 끌며 교무실로 향했다. 교무실 문을 열고 들어서며 꾸벅 고개를 숙였다. 몇몇 선생님이 반갑게 인사를 받아 주셨다.

학교에서 나와 로운은 나름 유명 인사다. 특히 로운은 학교 대표로 각종 경시대회에 참가만 했다면 상을 휩쓸어 오니 학교의 관심과 기대를 한 몸에 받고 있었다.

영어 담당인 담임 선생님이 내게 손짓했다. 건너편에 앉은 원호의 반 담임 선생님은 수학 담당인데 아이들 사이에서 호불호가 강했다. 목소리가 우렁찬데 자신이 좋아하는 학생이 눈에 들어오면 큰 소리로 이름을 불렀다. 그래서 난 복도 끝에서 수학 선생님을 발견하면 재빨리 발걸음을 돌리곤 했다. 오늘은 내가 인사를 해도 컴퓨터 화면만 뚫어져라 노려볼 뿐이었다.

담임 선생님이 내 성적표를 들여다보며 말했다.

"루리야, 이번 기말고사에서 뭐가 어려웠니?"

나는 아무 대답도 못 했다. 입이 만 개라도 할 말이 없다.

"너도 알다시피 재원학교 1차 서류 평가가 내신 점수 하나만 보는 거 아니니까. 생활기록부, 자소서, 추천서 등 골고루 참고하니까 너무 걱정하지 말고. 지금까지 준비 잘해 왔으니까."

원호가 교무실로 들어섰다. 원호는 칸막이 건너편 우리 담임 선생님을 향해 인사를 했지만, 나에게는 눈길도 주지 않았다.

원호가 수학 선생님에게 다가갔다.

"선생님, 부르셨어요?"

수학 선생님이 원호 목소리에 번쩍 고개를 들었다. 그러고는 교무실이 떠나가라 큰 소리로 말했다.

"야, 최원호! 이번에 전교 1등을 한 기분이 어때?"

원호가 1등이라니….

"운동하다가 공부하기 쉽지 않았을 텐데. 운동이면 운동, 공부면 공부 모두 다 잘해 내니 우리 원호 멋지다! 너 축구 할 때 포지션이 뭐라고 했지? 미드필더라고 했던가? 그래서인지 우리 원호가 공부나 시험에 대한 압박을 잘 견뎌 내는 것 같은데?"

헐, 이런 걸 농담이라고 하는 걸까. 원호의 눈빛이 순간적으로 서늘하게 변했지만, 수학 선생님은 아랑곳하지 않고 계속 말했다.

"지난번 선생님이 말한 재원학교에 원서 넣는 거 부모님과 의논해 봤니? 이번 기말고사를 잘 챙기면 도전해 볼 만할 것 같다고 했더니 열심히 공부했나 보네. 너도 생각이 없었던 건 아니었지?"

잠깐, 이게 무슨 상황이야? 원호는 재원학교에 관심도 없었잖아.

"선생님이 지금 모집 요강 살펴보고 있는데. 지금부터 자기소개서 쓰고 추천서 준비해 볼래?"

그제야 수학 선생님이 눈을 동그랗게 뜨고 있는 나를 발견했다.

"아, 우리 루리야 언제나 열심히 잘하고 있지."

언제나 '열심히' '노력'하는 아이….

수학 선생님이 계속 말했다.

"루리랑 원호 둘이 함께 재원학교 입시 준비하면 좋겠다. 막연한 목표보다 바로 내 눈앞에 선의의 라이벌이 있으면 서로에게 도움이 될 테고 말이야."

재원학교 입학은 나에게 막연한 목표였던 적이 없다. 로운이 뇌수술을 받고 하루가 다르게 천재로 거듭나면서 내 존재 이유를 증명해야 하는 단 하나의 목표였으니까.

평범한 머리지만 노력을 통한 인간 승리, 불가능을 가능하게 하는 저력을 보여 줌으로써 로운과 다르게 인정받을 방법은 이것밖엔 없다. 그게 바로 나에겐 재원학교 입학이다.

1학년부터 지원할 수 있어 로운도 원서를 넣는다고 엄마가 말했다. 최종 90명을 선발하는 전국 단위 학교인데 벌써 내 주위 경쟁자만 해도 영재원 아이들까지 열 명이 넘는다. 이제는 동생도 모자라 원호랑 경쟁을 해야 한다니….

나는 혼란스러운 마음을 감추며 물었다.

"원호, 너도 이번에 재원학교에 지원하는 거야?"

"아, 그게….”

원호가 또 내 눈을 피하며 말했다.

"루리기 저랑 같이해 준다면 고맙죠. 전 입시 요강도 잘 모르니까요."

기분이 좀 이상했다. 영재원 다니는 내내 아는 척 한 번 하지 않다가 이제 와서 같이 집에 가게 된 상황도 애매했다. 그날은 잘 웃으며 이야기했는데, 지금은 낯선 사람처럼 눈길조차 주지 않는 원호의 태도도 왠지 찜찜했다.

D-30

[VLOG] 오늘은 제가 지원하는 재원학교에 대해 알려 드립니다!

오늘 순수 공부 시간과 계획 목표 달성률이 없는 이유는 본격적으로 재원 학교 입시 준비에 모든 시간을 투자하고 있어서예요. 게다가 시간 날 때 마다 자기소개서를 수정하고 필요한 서류 준비하느라 정신이 없었어요. 드디어 오늘 재원학교 1차 서류를 접수했어요!

제가 지원하려는 재원학교 시험에 대해 간단히 말씀드릴게요.

우선 1차는 서류전형이에요. 자기소개서와 생활기록부, 추천서를 제출해요.

2차는 언어, 수학, 과학, 사회 등 다양한 분야의 지필고사를 치르고요.

3차는 1박 2일 영재 캠프를 하며 그룹 토론, 개별 심층 면접을 통해 종합적인 사고력과 문제 해결 능력을 평가해요.

> 오늘부터 저는 2차 지필고사를 위해 시험 시간에 맞춰 과목별로 문제를 푸는 패턴을 반복할 거예요. 예상치 못한 변수가 생기지 않게 철저하게 준비하려고요.

1차 서류를 접수하고 나니 불안감과 부담감이 동시에 밀려들었다. 이제 두 달 뒤면 모든 게 끝이라고 생각하면 후련할 줄 알았는데…. 더 열심히 하지 못한 시간이 떠올라 마음이 무거웠다. 그렇다고 처음부터 다시 시작하겠느냐고 묻는다면, 그건 절대 아니다!

'이렇게 열심히 준비했는데, 나만 떨어지면 어쩌지?'

이런 생각이 들 때면 밤에 누워도 잠이 오지 않았다. 로운은 내 동생이자 가장 가까운 라이벌이다. 게다가 원호까지 재원학교를 지원하며 입시는 예상치 못한 방향으로 흘러가고 있었다.

종례가 끝나고 수학 선생님이 상담실로 원호랑 나를 불렀다. 선생님은 재원학교 1차 서류전형을 어떻게 전략적으로 준비해야 할지를 조언해 줬다. 나에겐 그동안 전교 회장 등 중학교 활동 전반에 대해 언급하며 내가 좋아하고 잘하는 분야에 집중해 자기소개서를 쓰면 좋겠다고 했다. 이미 나도 생각하고 있던 거였다. 원호에게는 축구와 관련된 활동을 중심으로 작성하면 다른 사람과 차별화가 될 것 같다고 했다.

이미 1차 서류는 접수했고 이제 2차 지필고사에 집중해야 한다. 그동안 기출문제와 예상문제 정리해 놓은 걸 두 번은 더 돌리고

백지에 개념 정리를 해야 하는데 마음만 급하고 손에 잘 잡히지
않았다.

D-0

재원학교 1차 합격자를 발표하는 토요일.

온종일 초조하고 아무것도 할 수 없었다. 피아노 앞에 앉아 있어도 건반이 눈에 들어오지 않고 자꾸 거치대에 세워 둔 휴대폰을 기계적으로 누르며 시간만 확인했다.

집안에서 결과를 확인할 용기가 나지 않아 엄마에게는 편의점에 다녀온다며 밖으로 나왔다. 그러고는 놀이터 주변을 몇 바퀴나 돌았는지 모른다.

드디어 오후 3시. 덜덜 떨리는 손가락으로 지원자 정보를 하나하나 입력했다. 하루도 거르지 않고 공부했던 시간이 머릿속에서 빠르게 흘러갔다. 다시 그 시간으로 돌아간다 해도 그렇게 공부할 수 없을 것이다.

숨을 깊게 들이쉬고 합격자 조회하기 버튼을 눌렀다. 그러고는 눈을 감고 세상의 모든 신들에게 간절히 기도했다. 제발 합격하게 해 주세요!

눈을 떴을 때, 화면에 나타난 결과를 믿을 수 없었다. 내가 잘못 보고 있는 거라고, 이건 현실이 아니라는 생각이 가장 먼저 떠올랐다. 그래, 꿈을 꾸고 있는 거야. 몇 번을 암기했던 문제를 못 풀고 끙끙거렸던 악몽들처럼. 그렇지 않고는 내가 1차에서 떨어질 리가 없잖아!

목구멍이 뜨거워지면서 속이 메슥거려 참을 수 없었다. 나는 놀이터 구석에 있는 플라타너스로 뛰어가 토했다. 플라타너스야, 미안해!

지금까지 내 공부법이 잘못됐던 걸까? 다른 사람보다 공부 시간이 적었나? 아님, 재원학교 입학을 절실하게 바라지 않았던 걸까? 얼마나 더 많은 시간을 노력하고 간절하게 바랐어야 했지?

차라리 2차 시험이라도 봐서 떨어졌다면 결과를 받아들일 수 있었을지 모른다. 영재성 검사에서 우리 학교에 들어오기엔 머리가 나쁘네요, 라든가. 서술형에서 실수했다든가. 아니면 생전 본 적도 없는 문제를 손도 대지 못하고 나왔다면 결과를 깨끗이 인정하고 받아들일 수 있다.

속에 있는 걸 다 게우고 나니 다리에 힘이 풀려 도저히 서 있을 수가 없었다. 허리를 펴지 못한 채 겨우 놀이터 벤치에 앉았다. 늦은 오후의 햇살이 바들바들 떨고 있는 내 차가운 손을 어루만지는 것만 같았다. 놀이터에는 대여섯 살 아이들이 그네를 타고 분주하게 미끄럼틀을 오르내렸다.

초등학생 때까지 난 놀이터에서 친구들과 지옥 탈출 게임을 하고는 했다. 술래는 눈을 감고 도망 다니는 아이들을 잡는 게임으로, 운동신경이 그리 좋지 않았던 내가 만날 술래였다.

눈을 감은 채 손을 더듬거릴 때면 아이들이 내 팔을 피해 휙휙 지나다니는 게 느껴졌다. 몇 번을 허공에 대고 팔을 휘두르다 보면 잔뜩 약이 올라 그 자리에서 발을 쿵쿵거렸다. 아이들은 그런 내 모습이 재밌다며 깔깔 웃었다. 그중에 어떤 아이는 잡히지 않으려고 미끄럼틀 지붕에 올라가고는 했는데, 난 몇 초간 눈을 뜰 기회가 있어도 잡으러 올라갈 수 없었다. 순발력 있게 움직이지 못했고 높은 곳이 무서웠다. 그러니까 지옥 탈출은 아무리 애를 써도 술래에서 벗어날 수 없는, 나에게는 굉장히 불리한 게임이었다.

이제 우리는 놀이터에서 지옥 탈출 게임을 하지 않는다. 대신 공부라는 지옥에서 탈출하기 위해 각자의 방법으로 안간힘을 쓰고 있다.

처음부터 재원학교는 나같이 평범한 머리를 가진 사람이 들어갈 수 있는 곳이 아니었다. 그래, 인정하자. 내 한계는 여기까지라는 걸. 가루약을 입 안에 머금고 있는 것처럼 계속 구역질이 올라왔다. 아무리 현실을 있는 그대로 받아들인다 해도 아픈 건 아픈 거다.

놀이터에서 놀던 아이들이 집으로 돌아갔다. 이대로 집으로 들어가고 싶지 않았다. 아니, 들어갈 수가 없었다.

무작정 큰 도로로 나왔다. 등굣길에 보던 익숙한 번호의 버스들이 지나갔다. 한 번도 가 본 적 없는 낯선 노선도를 살펴보다 막 정류장에 도착한 버스에 올라탔다. 어디로 가야겠다는 생각은 없었다. 단지 엄마와 로운을 마주할 자신이 없었다. 아주 잠깐 아빠에게 갈지 고민했지만, 이내 그만두었다.

재원학교에 들어가더라도 대학 입시까지 쉽지 않은 시간이 기다리고 있다. 대한민국의 똑똑하다는 아이들이 모여 있는 명문 학교에서 지금보다 더 많은 시간을 공부해야 하고 더 많은 양을 내 머릿속에 집어넣어야 한다. 그렇게 대학에 들어간다 한들 또 취업이라는 관문이 나를 기다리고 있다.

하지만 그런 것들까지 생각하며 공부하기에는 너무 먼 시간이었다. 나에게 필요한 건 그저 단 한 번의 성공. 평범한 머리지만 노력하면 나도 할 수 있다는 희망을 바랐을 뿐이었는데…. 너무 큰 욕심이었을까?

버스 차창에 머리를 기댄 채 창문에 비친 내 모습을 바라봤다. 세상은 끊임없이 앞으로 나아가는데, 나만 로운이 뇌수술을 받았던 지난겨울에 멈춰 버린 것 같았다. 버스 차창에 비친 열다섯 살의 내가 열여섯 살의 나를 바라보며 울고 있었다.

한강 다리를 건너는 버스 안은 주말이어서인지 사람들로 가득 차 있었다. 차들의 붉은 미등이 꼬리에 꼬리를 물고 늘어졌고 하늘은 검붉은 빛으로 바뀌었다.

주머니 속에서 휴대폰이 진동했다. 엄마가 걱정하리라는 건 알고 있지만 전화를 받고 싶지 않았다. 그런데 휴대폰에 뜬 이름은 뜻밖에도 최원호였다. 나는 바로 통화 버튼을 눌렀다.

"이루리, 지금 뭐 해?"

원호는 내 1차 결과가 궁금해 전화한 모양이었다. 그래서 내가 먼저 물었다.

"원호야, 넌… 결과 어떻게 됐어?"

원호가 무심한 목소리로 되물었다.

"결과? 아, 재원학교. 난 아직 안 봤어."

울음이 복받쳐 목소리가 갈라졌다.

"난 떨어졌어."

"난 별로 기대 안 해. 담임이 하도 한번 해 보라고 해서 그냥 지원해 본 거야."

결과야 어떻든 전혀 개의치 않는 듯한 원호의 말투에 내가 괜히 위로받는 기분이었다.

"기분도 우울한데 우리 매운 떡볶이 먹으러 갈까? 지금 너희 집 근처로 갈게."

"원호야…."

원호야, 최원호…. 원호의 이름을 속으로 중얼거렸다. 그러다 참고 참았던 울음이 와락 터지고 말았다. 나는 휴대폰을 귀에 댄 채

엉엉 소리 내어 울었다.

"나 교통카드 하나 들고 버스 탔는데…. 여기가 어딘지 모르겠어."

버스 기사가 백미러로 힐끔 나를 쳐다봤다. 옆자리에 앉은 언니가 일회용 휴지를 통째로 건넸다. 그러고는 이번 정거장은 "남산도서관"이라고 알려 주었다. 나는 휴지로 콧물을 닦으며 고맙다고 했다.

휴대폰 너머로 원호의 목소리가 들렸다.

"이루리, 지금 내가 거기로 갈까?"

나는 남은 휴지를 옆자리 언니에게 돌려주고 버스 하차 버튼을 눌렀다. 뒷문으로 걸어가는 동안 사람들이 조금씩 몸을 움직여 길을 만들어 주었다.

버스 정류장에 내리니 정신이 돌아왔다. 원호에게 전화해 그냥 오지 말라고 할지 잠시 고민했다. 이대로 길 건너편에서 같은 번호의 버스를 타면 집으로 돌아갈 수 있다. 원호가 올 때까지 기다리고 싶었다. 그냥 그러고 싶었다.

휴대폰이 다시 진동했다. 엄마였다. 나는 휴대폰 전원 버튼을 눌러 꺼 버렸다.

○

정류장에서 조금 떨어진 가로등 아래에서 원호를 기다렸다. 그동안 같은 번호의 버스가 열 대는 지나간 것 같다. 두꺼운 후드티를 입었는데도 쌀쌀한 늦가을 바람에 몸이 떨렸다. 하루 종일 긴장해 점심도 먹는 둥 마는 둥 했더니 배도 고팠다.

그러다 원호가 버스에서 내리는 모습이 눈에 들어왔다. 원호를 보자 감정이 복받쳐 올라와 다시 눈물이 차오르려고 했다. 나는 울지 않으려 입술을 꽉 깨물었다.

"차가 많이 막혔어."

원호의 얼굴은 발갛게 상기돼 있었다. 그에 비해 난 추워서 가만히 있어도 몸이 덜덜 떨렸다.

"아!"

원호가 주머니를 뒤적이더니 무언가를 꺼냈다. 핫팩이었다.

"추우니까 어디 들어가 있으라고 전화했는데 너 휴대폰 전원이 꺼져 있더라."

"배터리가 다 됐나 보다."

나는 엄마의 전화를 피해 일부러 전원을 꺼 놓았다는 사실을 숨겼다.

원호가 핫팩 포장지를 뜯어 흔든 뒤 내 손에 쥐여 주었다.

"춥지?"

핫팩을 두 손으로 꼭 움켜쥐었다. 따뜻한 기운이 손바닥을 통해 심장까지 전해지는 것 같았다.

"여기까지 오게 해서 미안해."

"내가 먼저 만나자고 했잖아."

원호의 시원한 대답에 툭 마음이 놓였다.

"배고프지 않아? 버스 타고 오면서 검색을 해 봤는데 남산에 돈가스가 유명하대."

"나 지갑을 안 가지고 나왔어."

"다음에 네가 사 주면 되지."

부랴부랴 나왔을 텐데 핫팩을 준비하고 맛집까지 검색해 오다니…. 원호의 다정함에 놀랐고 배려에 설렜다.

"다음에 내가 꼭 맛있는 거 사 줄게."

나는 '다음에'라는 말을 힘주어 말했다.

원호가 휴대폰을 꺼내더니 지도 앱을 열었다.

"여기서 10분 거리네. 이 집 돈가스 진짜 맛있대."

솔직히 말하면 난 돈가스를 그다지 좋아하지 않는다. 매운 걸 잘 못 먹어 어려서부터 자주 먹은 음식이 돈가스랑 불고기였다. 엄마는 무항생제 고기에 직접 튀김옷을 입혀 돈가스를 튀겼지만 항상 튀김옷과 고기가 따로 놀았다.

원호랑 있으면 뭘 먹어도 상관없을 것 같았다. 이 순간이 계속됐으면 좋겠다.

나는 밑바닥까지 곤두박질쳤던 에너지를 끌어올려 명랑한 목소리로 말했다.

"이런 추운 날씨엔 돈가스가 딱이지."

주말이라 가게 안은 사람들로 북적였다. 손을 잡고 속삭이는 커플과 왁자지껄한 가족들 사이에서 우리는 어색하게 줄을 섰다. 한참을 기다린 끝에 드디어 창가 자리에 앉았다.

원호는 매운 왕돈가스, 나는 치즈돈가스를 시켰다. 서로 이렇게 취향이 다른 게 괜히 웃겨 피식 웃음이 났다.

가게 안은 조금 더웠다. 유리창에 김이 서려 바깥 풍경이 흐릿하게 보였다. 손가락으로 뿌연 유리창을 살짝 문질렀다. 차가운 유리에 작은 물방울들이 맺혔다.

"갑자기 겨울이 된 것 같아."

원호가 내가 그린 동그라미 가까이 얼굴을 가져왔다. 원호의 따듯한 숨결이 유리에 닿자, 내가 그린 동그라미가 순식간에 사라졌다. 원호가 긴 손가락으로 그 자리에 다시 동그라미를 그렸다.

"갑자기 관계도 바뀌는 것 같아."

원호의 목소리가 낮게 울렸다. 내 심장이 박자를 잃은 채 쿵쿵 뛰었다.

원호가 추천한 돈가스는 정말 맛있었다. 튀김옷이 바삭바삭하고 소스는 달콤하면서도 깊은맛이 났다. 하지만 빈속에 기름진 음식을 먹으니 조금 속이 더부룩했다. 그래도 원호에게 돈가스를 좋아한다고 거짓말한 게 걸려 마지막 한 조각까지 모두 먹어 치웠다.

그런 내 모습을 보며 원호가 웃었다.

"와, 너 정말 맛있게 잘 먹는다."

원호는 크림수프를 두 그릇이나 더 먹고 같이 나온 고추도 맵다면서 잘 먹었다.

"넌 진짜 매운 거 좋아하나 보다."

"응. 넌 매운 거 싫어해?"

"매운 거 잘 못 먹어, 난."

이번엔 솔직히 말했다. 매운 떡볶이를 먹으러 가자고 하면 큰일이다.

어려서부터 난 못 먹고 싫어하는 음식이 많았다. 그러다 보니 또래보다 마르고 키가 작았다. 결국 초등학교 5학년 때 성장클리닉에 갔다. 의사 선생님은 성장판 엑스레이를 찍고 호르몬 검사를 하더니 내가 평균보다 작게 클 거라고 했다. 그때부터 2년 동안 성장호르몬 주사를 매일 저녁 맞아 간신히 평균 키를 넘겼다.

"넌 이렇게 잘 먹어 키가 큰가 보다."

"너도 작은 키는 아니잖아. 딱 보기 좋아!"

원호의 칭찬에 얼굴이 붉어졌다. 난 노력해서 아니, 주사를 맞아서 겨우 이만큼 큰 건데….

성장호르몬 주사를 맞기까지 엄마 아빠가 다퉜던 기억이 떠오르자 저절로 어깨가 움츠러들었다. 아빠는 내가 성장호르몬 주사를 맞길 바랐다.

"루리야, 이 세상은 경쟁이 치열하고 냉정해. 네가 좀 더 나은 출발선에서 시작할 수 있도록 도와주는 것도 부모의 책임이야."

아빠에게 성장호르몬 주사는 단순히 키를 크게 하는 것 이상의 의미였다. 더 나은 신체 조건이 내 미래에 더 많은 기회를 줄 거라고 했다.

하지만 엄마의 생각은 달랐다. 엄마는 자신이 평생 키가 작았어도 큰 불편을 느끼지 않았다고 했다.

"루리야, 사람의 가치는 외모나 키에 있지 않아. 네가 어떤 사람이 되고 싶은지, 네 마음이 어떤지 아는 게 훨씬 더 중요해."

나는 키도 중요했다. 아빠 말대로 호르몬 주사를 맞아 클 수만 있다면 크고 싶었다.

원호가 손가락으로 식탁을 톡톡 두들겼다.

"다 먹었으면 나갈까? 저기 아직도 줄 서 있다."

우리가 들어왔을 때보다 대기 줄이 더 길어져 있었다.

가게를 나오자 차가운 바람이 몸을 휘감았다. 난 핫팩을 손에 쥐고 있어서인지 하나도 춥지 않았다.

우리는 버스 정류장까지 느릿느릿 걸었다. 바람이 불자 나뭇가지 끝에 아슬아슬하게 달려 있던 은행나무 잎들이 떨어지며 바람을 탔다. 가로등 불빛 아래 나뭇잎들이 마치 눈이 오는 것처럼 보였다.

"숭례문으로 이어지는 성곽길 있다는데. 가 볼래?"

계단을 따라 내려가자, 순간 눈앞이 환하게 밝아졌다. 검푸른 하늘과 불을 밝힌 고층빌딩들, 자동차의 헤드라이트가 만들어 낸 서

울의 밤은 감성적이었다. 공기가 차가워 지평선 끝까지 한눈에 들어와 눈이 다 시원했다. 고개를 돌리면 뒤에서 서울타워가 푸른빛을 내며 당당히 우리를 지켜 주고 있는 것 같았다.

괜히 휴대폰 배터리가 떨어졌다고 거짓말을 했다. 이 순간을 동영상으로 찍어 브이로그에 올리지 못하는 게 아쉬웠다.

원호가 감탄사를 쏟아 냈다.

"와, 나 서울 야경 처음 봐."

"나도."

지금까지 내가 본 야경이라고는 빌딩마다 빽빽하게 붙어 있는 학원 간판들, 24시간 편의점 네온사인, 하원 시간에 맞춰 도롯가에 줄줄이 정차돼 있던 수많은 자동차의 헤드라이트가 다였다.

뭐라고 대화를 이어 가야 하는데 무슨 말을 해야 할지 알 수 없었다. 나는 원호에 대해 아무것도 몰랐다.

"원호야, 나 뭐 하나 물어봐도 돼?"

원호가 고개를 돌려 나를 바라봤다.

"넌 왜 운동을 그만둔 거야? 물론 지금 공부도 잘하지만, 축구도 진짜 잘했을 것 같은데."

말해 놓고 보니 실수했다는 걸 깨달았다. 누군가가 나에게 왜 재원학교 1차에서 떨어졌냐고 묻는다면 절망적일 것 같았다.

"내 질문이 불편했다면 미안해."

원호는 잠시 말이 없었다.

"내가 축구를 그만둔 이유를 다들 알고 있다고 생각했어. 방송에도 나왔으니까."

난 유튜브에서 공부 브이로그 외엔 다른 영상은 보지 않는다. 시간이 없었으니까. 게다가 아이들과 묘하게 어울리지 못했기 때문에 원호가 축구했다는 것과 지금 공부를 잘하고 있다는 것 외엔 아는 게 없었다.

"다쳤어. 그래서 아팠고. 다시는 축구를 하지 않겠다고 결심했어."

겨우 세 문장이었지만, 원호가 느꼈을 절망감이 느껴졌다.

"7년 동안 하루도 쉬지 않고 운동했는데…. 이젠 내가 운동을 했었다는 것도 다 잊었어."

그 말이 왠지 더 아프게 느껴졌다. 3년 동안 재원학교 진학만 바라보고 달려온 나도 이렇게 아픈데…. 7년 동안 운동하다 그만뒀으면 얼마나 힘들었을까.

우리는 성곽 계단을 따라 계속 아래로 내려갔다.

내가 괜한 걸 물어 분위기만 썰렁해졌다. 한편으로 비슷한 아픔을 갖고 있다는 걸 알고 나니 원호가 좀 더 가깝게 느껴졌다.

그러다 이런 생각이 들었다. 내가 원호의 아픔을 이해할 수 있듯, 원호라면 내 상처를 공감해 줄 수 있지 않을까?

"원호야, 사실 나 아무한테도 말해 본 적 없는데…."

나는 그동안 가슴 깊이 간직해 왔던 비밀을 털어놓았다. 원호는 진지한 눈빛으로 내 이야기에 귀를 기울였다.

안데르센 동화 〈벌거벗은 임금님〉에 나오는 아이처럼 세상을 향해 외치고 싶었다. 과정 따윈 관심 없이 결과만 말하는 사람들에게 소리치고 싶었다. 여러분은 속고 있는 거예요. 당신도 뇌수술을 받으면 천재가 될 수 있다고요!

하지만 이런 비밀을 누구에게도 말할 수 없었다. 로운은 우리가 지켜 줘야 하는 가족이니까. 비밀을 품고 사는 대가는 혹독했다. 혹시나 들키지 않을까, 조마조마했고 두려웠다. 그렇게 난 혼자가 됐고 외로운 날들이 반복됐다.

"비교당하는 기분이 어떤 건지 나도 잘 알아. 우리 팀에서 같이 미드필더 포지션을 다퉜던 형이 있었거든. 사실 형이 나보다 몸도 좋고 테크닉이 뛰어났어. 그런데도 감독님이 자꾸 우리 둘을 경쟁시키셨어."

나는 어둠을 가르는 서늘한 눈빛에서 원호가 느꼈을 분노와 좌절을 느낄 수 있었다.

"감독님은 처음부터 나를 그 포지션에 넣을 생각이 없었어. 단지 형을 자극하기 위한 도구로 날 이용한 거였지."

원호는 말로는 다 잊었다고 했지만 하나도 잊지 못하고 있는 게 분명했다.

"너한테 말하고 나니까, 나도 왠지 마음이 가벼워지는 것 같아."

그건 나도 마찬가지였다. '네가 언니니까 동생을 이해하고 감싸

줘야지'라는 훈계나 '동생에 대한 비밀을 다른 사람에게 함부로 말해도 되는 거야'라는 추궁이 아닌, 이해받고 있다는 사실만으로도 위로가 됐다.

원호가 나를 쳐다보며 고개를 갸웃거렸다.

"네 동생이 수술받았다고 했잖아. 그건 누구나 원하면 받을 수 있는 건가?"

"어?"

"그러니까 네 말은 뇌수술받고 이로운이 천재가 됐다는 거 아냐?"

"너 내 동생 알아?"

"우리 학교에서 이로운 모르는 사람도 있나?"

동생 이름이 원호의 입에서 나오자, 심장이 덜컥 내려앉았다. 가슴속에 품고만 있던 내 비밀을 원호의 목소리를 통해 들으니, 마치 다른 사람의 이야기처럼 낯설었다. 로운의 뇌수술은 그렇게 단 한 줄로 요약될 수 있는 게 아닌데….

"뇌수술로 천재가 된 건 아니고. 그 수술을 통해 숨겨져 있던 잠재력이 발현된 거라고 아빠가 그랬어. 약을 먹고 치료하는 것과 비슷하다고."

뇌수술이라고 말해 놓고 인제 와서 약물 복용과 비슷하다니….
내가 미친다, 진짜!

원호가 또 나를 뚫어져라 쳐다보았다. 내가 안절부절못하며 시선을 피하자, 원호가 빙긋 웃었다.

"그럴 수도 있겠네."

내 말을 곧이곧대로 믿는 것 같진 않았지만, 더 이상 그 이야기를 하지 않아서 다행이었다.

"이루리, 넌 초등학생 때부터 재원학교 시험 준비했다고 했지?"

"응. 그래서 1차 불합격이 더 충격적이야. 자기소개서나 추천서는 괜찮게 쓴 것 같은데. 아무래도 이번에 내신 성적이 떨어진 게 치명적이었던 것 같아."

잠시 잊고 있던 재원학교 1차 시험에서 떨어진 충격이 다시 밀려들었다. 게다가 이런 고통스러운 상황에서도 실패 원인을 분석하고 있는 나 자신이 참 대단하다 싶었다. 매번 시험을 본 뒤 점수가 오르고 내린 이유를 분석하고 계획을 짜던 게 이젠 버릇이 돼 버렸다.

"나라도 속상할 것 같아."

그래, 이렇게 된 거 원호랑 일반고에 같이 진학하는 것도 나쁘지 않다. 거기서 우리 둘이 전교 1, 2등 다 해 먹지, 뭐.

"나 할 말이 있는데…."

원호의 진지한 목소리에 가슴이 쿵 내려앉는 것 같았다. 나는 주머니에 있는 핫팩을 꽉 움켜쥐었다.

"버스 타고 오면서 나 재원학교 합격자 확인해 봤거든."

원호가 믿기지 않는다는 듯 머리를 긁적거렸다.

"나도 모르겠어. 어떻게 내가 됐는지 말이야."

"정말 잘됐다! 축하해."

"잘된 건지는 잘 모르겠어. 이제 2차 시험 준비를 해야 하는데, 전혀 안 되어 있어서."

물론 쉽지는 않을 거다. 재원학교에 지원한 아이들 대부분이 몇 년씩 치열하게 준비해 왔으니까.

"필요하면 내가 가지고 있는 기출문제와 예상문제들 줄게. 난 이제 필요 없으니까."

나는 여기까지 와 준 원호에게 이 정도 도움은 줄 수 있다고 생각했다.

"고마워."

우리는 조금 더 성곽을 따라 걷다 버스를 타고 집으로 돌아왔다. 버스 정류장에서 집 앞까지 데려다주겠다는 원호에게 혼자 가겠다고, 2차 시험 준비도 잘하라고 말했다.

집에 들어오니 자정이 다 됐다. 지금까지 전화도 안 받고 연락하지 않았다고 잔소리라도 들을 줄 알았는데 엄마는 혼내지 않았다. 얼른 씻어, 라고만 했고 나는 한참 동안 욕실에서 뜨거운 물로 샤워했다.

내 방에서 드라이어로 머리카락을 말리고 있는데 엄마가 들어왔다.

"루리야, 이게 끝이 아니야. 재원학교 입시를 준비했던 경험이 오히려 대학 입시에 기회가 될 수 있어. 재원학교 들어가 내신 경쟁하는 것보다 일반 학교 가는 게 더 좋을 수도 있다는 거 너도 알잖아."

고개를 푹 숙인 채 드라이어 세기를 높였다. 윙, 요란한 드라이어 소리에도 아랑곳하지 않고 엄마는 계속 말했다.

"엄마는 우리 루리를 믿어. 무언가 최선을 다해 본 사람은 무엇이든 해낼 수 있어! 그러니까 너 자신을 좀 더 믿어 봐."

그건 결과가 좋을 때나 하는 이야기다. 난 실패했고 나 자신을 믿기엔 자존감은 지구 핵까지 곤두박질쳐 이제는 보이지도 않는다.

머리카락을 말리며 무심한 척 물었다.

"로운이는 어떻게 됐어?"

"루리야, 로운이랑 비교하지 마. 그럼 너만 힘들어. 엄마 말 무슨 뜻인지 알지?"

나는 여전히 드라이어를 손에든 채 고개를 들지 못했다. 울고 싶지 않은데, 진짜 엄마 앞에서 울면 안 되는데…. 눈물샘을 뚫고 나온 눈물이 중력을 받아 바닥으로 후드득후드득 떨어졌다.

D+10

[VLOG] 전직 전교 1등의 수학 공부법

요즘은 의미 없게 느껴져서 공부 시간을 재지 않고 있어요.

그래도 하루에 8시간은 넘게 공부하는 것 같아요.

학교 다녀오면 학원, 학원 다녀오면 바로 공부해요.

아, 저 이번에 학원을 등록했어요. 여러분도 아시다시피 제가 재원학교

입시 준비하느라 고등학교 선행을 거의 못 했거든요. 요즘 학원 다녀오고

숙제하다 보면 새벽 두세 시예요. 그렇게 기절하듯이 자는 일상이 반복되

고 있어요.

오늘은 예전에 말했던 제가 공부하는 수학 문제집을 소개할게요.

개념원리, 쎈, 블랙라벨 등 많은데 저는….

영상을 찍다 말고 내가 지금 하고 있는 수학 공부법을 올리는 게 무슨 의미가 있나 생각했다. 나처럼 공부하다간 실패하기 딱 좋아요, 라고 말하는 것 같았다. 수학 개념은 잠꼬대할 정도로 외웠고 심화 문제나 킬러 문항은 해답지를 보지 않고 풀릴 때까지 매달렸다. 그 문제와 비슷한 유형이 시험에 나왔는데 풀지 못하고 끙끙거리는 악몽을 꾼 적도 있었다.

밤엔 더 미쳐 버릴 것 같다. 잠이라도 오면 잘 텐데 잠도 오지 않는다. 악착같이 졸음과 씨름하며 공부하던 시간이 머릿속을 가득 채웠다. 난 무엇을 위해 지금까지 '노오오오오력'을 했던 것일까, 의문과 자책들이 나를 끊임없이 괴롭혔다.

점심 급식을 먹고 도서관에서 빌려 놓기만 했던 철학책을 읽기 시작했다. 꽤 많은 책을 읽었다고 생각했는데, 니체가 쓴 《차라투스트라는 이렇게 말했다》는 난해해 이해하기 쉽지 않았다. 북튜버 호스 님 영상을 본 뒤 다시 읽어 봐야겠다.

누군가 교실 뒷문에서 큰 소리로 내 이름을 불렀다. 교실에 있던 아이들의 시선이 나에게 향했다.

"이루리, 담임이 교무실로 오래."

부스스 자리에서 일어나 교실을 나섰다. 뒤에서 아이들이 웅성거리는 소리가 들렸다. 이제 반 아이들도 다 알겠지. 내가 재원학교에 떨어졌다는 걸….

올해는 지원자가 많아도 너무 많다고, 그래도 어떻게 1차 서류에서 떨어질 수 있는지 의아하다며 담임이 애써 나를 위로했다.

"선생님도 참 속상하다. 이번엔 운이 좀 없었던 것 같아. 그래도 노력은 배신하지 않으니까 계속 열심히 하면 더 좋은 결과가 있을 거야. 루리야, 조금만 더 힘내자."

교무실을 나오는데 계속 구역질이 올라왔다. 손으로 입을 틀어막고 교무실 앞 화장실로 뛰어 들어갔다.

변기에 점심 급식으로 먹은 닭가슴살 그라탱을 다 토했다. 묽다 못해 투명한 위산까지 다 게워 내고 나니 허리를 펼 수가 없었다. 다리가 후들거려 서 있기조차 힘들었다.

이게 다 공부한다고 만날 밤새우고 시험 결과에 안달복달하느라 생긴 식도염 때문이다. 병원에서는 스트레스를 받지 않게 마음을 편하게 먹어야 낫는다고 했지만 허, 그게 가능하기나 할까? 한동안 약 먹고 괜찮았는데 또다시 재발한 모양이다.

이대로 수업에는 들어갈 수 없어 담임 선생님에게 말하고 보건실로 갔다. 보건 선생님이 나를 보자 알은체했다.

"오늘은 자매가 둘 다 보건실로 출근하셨네."

보건 선생님이 눈짓으로 커튼이 쳐져 있는 침대를 가리켰다. 로운이 창가 쪽 침대에 누워 있는 모양이었다.

"약만 먹을래? 아님, 좀 누웠다 갈래?"

그냥 약만 먹고 나가려고 했는데, 수업을 알리는 종이 울렸다. 5교시는 수학이었다. 의자에 앉아 있기도 힘든데 머리 아픈 통계 산

포도와 편차를 계산해야 한다고 생각하니 속이 더 울렁거렸다.

"누워 있다 갈게요."

물과 함께 약을 삼키고, 침대에 누웠다.

보건 선생님이 담요를 들고 와서 덮어 주며 말했다.

"로운이가 머리 아프다고 한 시간 전에 왔는데 아직 자네. 선생님이 점심을 못 먹었거든. 선생님 얼른 밥 먹고 올게. 네가 좀 같이 있어."

"네."

선생님이 가운을 의자에 걸쳐 놓고 보건실을 나가는 소리가 들렸다.

몸을 새우처럼 구부린 채 눈을 감았다. 보건실 특유의 소독약 냄새와 보건 선생님의 화이트코튼 향수 냄새를 좋아한다. 보건실 침대에 누운 채 아득히 들려오는 아이들 목소리, 의자 끄는 소리, 선생님이 탁탁 칠판을 두드리는 소리를 들으며 잠에 빠져드는 이 순간이 좋다. 교문을 나가면 그때부터 나만의 치열한 전쟁은 시작된다. 학교에서라도 쉬지 않으면 남은 오늘 하루를 감당할 자신이 없다. 아직 약 기운이 돌지 않아서 식도가 타들어 가는 것 같다. 내 입에서 나도 모르게 끙끙 앓는 소리가 새어 나온 모양이었다.

커튼 너머로 로운의 목소리가 들렸다.

"병원에 가 봐야 하는 거 아냐?"

나는 담요를 얼굴까지 끌어 올렸다. 로운이 계속 말했다.

"아프면 참지 말고 조퇴해."

"내 일은 내가 알아서 해."

나도 모르게 날카로운 목소리가 흘러나왔다.

"내가 잠을 못 자겠으니까 그렇지."

나는 로운이 누워 있는 침대 쪽으로 고개를 돌리며 쏘아붙였다.

"머리 아프다는 건 핑계라는 거 너희 담임은 아시니? 수업이 너무 지겹고 졸리다고 넌 왜 말을 못 하는데?"

나도 모르겠다. 내가 왜 이렇게 로운에게 예민하게 반응하는지, 이렇게밖에 말하지 못하는 내가 참 한심했다.

"아빠가 재원학교 들어가면 나아질 거래. 좀 더 내 수준에 맞는 수업을 들을 수 있을 거라고 해서 지금은 그냥 참는 거야."

그렇겠지. 아빠와 넌 계획이 다 있겠지. 그 계획은 어떤 차질도 없이 착착 잘 진행되고 있을 거고….

"근데 언니, 최원호 선배랑 친해?"

"내 일은 내가 알아서 한다고!"

로운은 내 말을 귓등으로 들었는지 계속 말했다.

"언니도 가끔은 사람들이랑 어울려 봐. 공부만 하지 말고."

기가 막혀 헛웃음만 나왔다. 나는 자리에서 벌떡 일어나 옆 침대 커튼을 확 걷었다.

"그러는 넌 지금 여기서 뭐 하고 있는 건데?"

한 번 말문이 트이자 내 입에서 그동안 쌓이고 쌓인 말들이 터져 나왔다.

"이로운, 넌 처음부터 네가 잘난 줄 알지? 뇌수술 받고 나서 천재가 된 거 사람들이 모르니까 까불고 있잖아!"

로운의 눈이 동그랗게 커졌다. 나도 놀랐다. 내가 이렇게 말할 줄은 몰랐다.

"이러니까 우리가 진짜 자매 같다."

어이없어. 우리가 자매 아닌 적이 있었나?

그러다 부쩍 키가 크고 얼굴이 더 갸름해진 로운의 모습이 눈에 들어왔다. 이렇게 우리가 마주 보고 대화라는 걸 한 적이 언제인지 기억조차 나지 않았다.

"내가 수술받은 이후로 언니는 나랑 말도 안 하고, 엄마는 나를 안쓰러운 눈으로 쳐다만 봐. 아빠는 내가 잠자는 시간까지 기록하고. 언제부터 우리 가족이 이렇게 됐는지 모르겠어. 언니와 엄마랑 주말마다 공원에 다니던 때가 그리워. 그때 참 좋았잖아."

주말마다 공원에 갔던 건 로운 때문이었다. 로운은 잠시도 한자리에 있지 못했는데 그나마 시야가 넓고 탁 트인 공간에서는 얌전해졌다. 드넓은 잔디밭 한가운데 우뚝 솟은 바위 위에 서서 공원을 둘러보던 로운의 뒷모습은 어쩐지 외로워 보였다.

"언니는 항상 내가 어디를 가든 손을 꼭 잡아 줬잖아."

손을 잡아 줬던 건 로운이 어디로 튈지 모르기 때문이었다. 불쑥 차도로 뛰어들거나 사람들과 부딪혀 다칠까 봐 엄마가 나한테 항상 손을 잡고 다니라고 했다. 난 로운이 손을 잡고 지켜보는 게 너무 싫었다.

"이제 엄마는 네가 아니라 나를 더 걱정해. 아빠는 나에게 관심조차 없고."

내 말에 로운이 피식 웃었다. 그래, 난 눈물 없이 할 수 없는 이 말이 너에겐 웃기게 들리겠지.

"엄마가 병원 그만두고 나서부터 이상해졌어. 사사건건 우리가 히는 일에 참견하고 아빠한테 따지고 싸움만 걸어."

로운이 뭔가 잘못 알고 있는 것 같았다. 엄마 아빠가 싸우게 된 건 다 로운이 수술 때문이었다.

"아빠는 나를 인정해 주고 존중해. 하지만 엄마는 나를 불쌍하게 바라봐. 난 그게 더 싫어."

엄마는 로운뿐만 아니라 나도 안타까워한다. 잠 못 자고 공부하는 건 물론 예민한 성격에 식도염을 달고 사는 것도 엄마에겐 걱정거리고 다 안쓰러운 거다.

"난 엄마에게 동정을 원한 게 아니야. 있는 그대로 나를 인정해 주길 바랄 뿐이야."

"엄마는 너를 있는 그대로 인정했기 때문에 수술을 반대했던 거야. 그걸로 부모님이 많이 싸웠고 그래서 두 분 사이가…."

로운이 내 말을 가로챘다.

"언니, 기억나? 엄마 아빠가 내 수술 때문에 다퉜던 날, 언니가 나한테 게임하자고 했잖아. 어떤 말이 진짜이고 가짜인지 알아맞히는 게임 말이야. 그때 언니가 했던 말 나 다 기억해."

엄마와 아빠가 로운이 수술 문제로 말다툼할 때마다 로운은 자기 입술을 피가 날 때까지 물어뜯고 손가락으로 귀를 파 댔다. 나는 그런 로운을 끌어안고 속삭였다.

"이건 '진짜 진짜 가짜'라는 게임인데, 언니가 하는 말 중에 진짜가 두 개 있고, 하나는 가짜야. 넌 어느 게 가짜인지 맞히는 거야. 알겠지?"

내가 로운에게 뭐라고 했지? 기억나지 않는다. 아니, 굳이 떠올리고 싶지 않았다.

로운은 끈질기게 행복했던 과거의 기억을 늘어놓았다. 그게 나에겐 견디기 힘든 시간이었다는 걸 모르는 것 같았다. 원호에 대해서도 마찬가지였다. 원호가 지금 나에게 유일한 위로이자 고통을 견딜 수 있는 버팀목이란 걸 로운은 왜 받아들이지 못하는 걸까?

"언니, 최원호 선배가 보이는 관심이 진짜 순수한지, 아니면 다른 의도가 있는지 한번쯤 알아봤으면 좋겠어."

1차에서 떨어져 괴로워하고 있을 때 위로해 주고 내 곁에 있어 준 사람은 다른 누구도 아닌, 원호였다. 그것도 내가 와 달라고 부탁해서였다. 기출문제를 주겠다고 먼저 말한 사람도 나였다. 그건 원호가 아닌 다른 사람이 부탁했어도 들어줬을 거였다.

"넌 누군가를 판단하기 전에 그 사람이 왜 그런 행동을 했는지,

이런 말을 들었을 때 어떤 기분일지 생각해 보긴 해?"

"언니, 캐나다 밴쿠버의 캐필라노협곡에서 심리학 실험을 한 적이 있어. 연구자들이 참가자들을 두 그룹으로 나눴어. 한 그룹은 출렁이는 다리를, 다른 그룹은 안정적인 다리를 건너게 했지. 그러고 나서 그들의 반응을 관찰했어."

로운이 차분한 목소리로 계속 말했다.

"출렁다리를 건넌 사람들은 심장 박동이 빨라지고 손에 땀이 나는 생리적 흥분 상태를 보였어. 흥미로운 건 이 사람들이 출렁다리 위에서 마주친 사람에게 더 강한 매력을 느꼈대. 실제로는 높은 곳에서 느낀 공포로 인한 신체 반응을 잘못 해석한 거였는데."

"그 얘기가 나랑 무슨 상관인데?"

"언니가 지금 재원학교 때문에 스트레스 받고 있는 거 알아. 그 불안감이 최원호 선배에 대한 감정으로 잘못 해석된 걸 수도 있다는 거야."

나는 숨이 막히고 가슴이 답답해졌다.

"인간의 감정이나 관계는 과학적으로만 설명할 수 없어. 사랑 같은 감정은 실험 하나로 정의할 수 없는 거라고!"

"사랑에 빠지면 뇌에서 도파민, 세로토닌 같은 신경전달물질이 분비돼. 이런 물질들이 우리 감정에 영향을 준다는 건 이미 여러 연구를 통해 증명됐어."

우리의 대화는 기찻길처럼 계속 평행선을 달렸다.

"언니가 느끼는 감정도 결국 우리 뇌의 생화학적 반응이야. 지금 언니는 여러 신경전달물질 때문에 평소와 다르게 상황을 인식하고 있을 수 있어."

그러는 넌? 네 눈에는 너의 그 잘난 지식과 논리 때문에 상처받은 내 모습이 안 보이니?

"넌 누굴 진짜 좋아해 본 적 없지? 네 말대로 난 신경전달물질인지 뭔지 하는 거에 놀아나고 있을지도 몰라. 근데 그게 어때서? 그런 감정이 우리를 인간답게 만드는 거 아냐? 기계가 아니고 말이야!"

로운은 나를 놀란 눈으로 쳐다봤다. 로운의 표정이 어쩐지 슬퍼 보이는 건 내 착각이었을까?

"언니, 인간의 감정에 대해 더 알고 싶은…."

로운은 포기하지 않고 나를 설득하기 위해 다가왔다. 나는 손을 뻗어 로운이 다가오지 못하도록 가로막았다.

"됐어. 그만 해!"

나는 담요를 머리끝까지 뒤집어쓰고 양손으로 귀를 틀어막았다.

"넌 머리 아픈 거 다 나은 것 같은데, 여기서 좀 나가 줄래?"

싫다, 정말 싫다. 로운이 앞에서 감정을 조절하지 못하고 한순간에 무너져 버린 내가 너무 한심하고 싫었다.

한 달 후, 원호와 로운이 재원학교 2차 시험을 통과했다는 소식을 들었다.

D+30

[VLOG] 이루리의 겨울방학 전 마지막 브이로그

미치겠어요. 제 몸이 아닌 것 같아요.

어제는 계획한 것 반도 못 했어요. 겨우 모의고사 평가 문제집만 풀고 잠

들어 버렸네요. 아파서 휴식이 필요한 건지, 아니면 나태해진 건지 구별

이 안 돼요.

머리가 무거워 아무것도 하기 싫고 쉬고만 싶어요.

제가 왜 이러는지 저도 모르겠어요.

아무리 아파도 영상을 올리지 않은 적이 없는데 조금만 쉬었다 다시 돌아

올게요. 그때까지 여러분, 잠시만 안녕….

재원학교 입학에 실패했더라도 끝이 아님을, 꿋꿋하게 다시 일어서는 모습을 보여 주고 싶었다. 슬럼프에 빠져 허우적거리는 모습이 아니라 평소와 다름없는 모습을 보여 주고 싶었다.

그러나 현실은 며칠째 감기로 고생 중이었다. 식도염과 대장염까지 겹쳐 뭘 먹기만 하면 화장실로 직행했고 밤새 잠 못 드는 날이 이어졌다. 그러다 보니 감기가 떨어지지 않았다.

엄마가 걱정스러운 눈빛으로 내 이마를 짚었다.

"열은 내렸는데 왜 이렇게 기운을 못 차리는지. 안 되겠다. 내일 병원 가서 영양제라도 맞자. 그동안 공부한다고 우리 루리가 고생 많이 했지. 이렇게 된 거 좀 쉬어 가자, 응?"

사실은 감기 때문이 아니라고 엄마에게 말하지 못했다.

2차 결과 발표가 있던 저녁, 원호가 집 앞으로 찾아왔다. 우리는 놀이터 그네에 나란히 앉았다.

원호가 흥분한 목소리로 말했다.

"믿어지지 않아. 내가 2차를 합격했다니! 이게 다 네 덕분이야."

나도 기뻐해야 하는 걸 머리로는 아는데… 왜 이렇게 가슴이 아프지?

"다행이다. 난 네가 잘할 줄 알았어."

"축구를 그만둔 뒤 패배자라는 꼬리표 때문에 더 힘들었던 것 같아."

원호가 그네에서 일어나 놀이터 한쪽에 놓인 돌고래 모양의 흔들 놀이 기구를 세게 밀었다. 텅, 스프링이 울리며 노란색 돌고래가 격렬하게 흔들렸다.

"공부를 시작하고 점점 할수록 재밌어. 성적이 올라가면서 자신감도 생겼고. 축구 국가대표는 되지 못했지만, 이제는 새로운 목표도 생겼어."

절망적인 상황 속에 그냥 다 포기할 수도 있었을 텐데, 원호는 또 다른 목표를 향해 달려가고 있었다. 천재 동생이나 질투하고 재원학교에 떨어졌다고 좌절해 앓아누운 나와는 참 많이 달랐다.

"대단하다! 넌 분명 끝까지 잘 해낼 거야."

요란하게 진동하던 돌고래가 멈췄다. 원호가 알 수 없는 표정으로 나를 바라보았다.

"고마워. 이번에 재원학교 들어가지 못하더라도 난 여기까지 올라온 것만으로 만족해. 노력하면 할 수 있다는 걸 확인한 것만으로도 기뻐."

내가 원했던 게 바로 그거였다. 나도 노력하면 해낼 수 있다는 단 한 번의 성공. 단지 그걸 원했을 뿐이었는데 나에게 너무 큰 욕심이었던 걸까?

"며칠 뒤 3차 영재 캠프를 가는데 내가 너무 아무것도 모르더라. 혹시 너 만들어 놓은 면접 예상 질문지 같은 거 있어?"

"예상 질문지는 없는데. 2차 합격하면 준비하려고 했거든."

"아, 그래?"

난 원호를 의심하고 싶지 않았다. 그래도 이 모호한 감정을 정리하려면 확인은 해야 할 것 같았다.

"원호야, 영재원 끝나고 지하철 탔던 날 기억나? 그때 내가 브이로그 한다고 했잖아."

"응."

"혹시 너 내 브이로그에 댓글 남긴 적 있어?"

"아니, 기말고사 준비하느라 바빴어."

원호가 잠시 당황하더니 무심하게 말했다.

"근데, 왜?"

"누가 내 브이로그에 댓글을 남겼는데, 내가 아는 사람인가 궁금해서."

지레짐작으로 기말고사를 망친 사람은 나인데 괜히 원호를 의심하고 추궁한 것 같아 미안했다. 그 순간 결심했다. 더 이상 내 마음을 숨기지 않기로. 마지막 3차 영재 캠프가 끝나는 날, 원호에게 내 진심을 고백해야지.

그런데 영재 캠프에 들어가기 전까지 자주 통화를 했던 원호가 일주일째 연락이 없다. 그래, 지금까지 열심히 준비했으니 좀 쉬어야겠지. 그동안 못 했던 것들도 하려면 바쁘겠지. 이해해 보려 해도 지금까지 원호가 보여 준 모습과는 너무 달라 의아했다.

어쩌면 우리가 함께했던 시간이, 함께 나눴던 대화들이 원호에게는 아무 의미가 없었는지도 모른다. 그동안 나는 뭘 한 걸까? 원호는 그저 재원학교 입시 준비를 같이하는 친구 정도로만 생각했을 뿐인데, 나 혼자 너무 많은 생각을 한 것 같다.

원호

킥오프

바닷가 바로 앞 편의점에서 콜라를 샀다.

재원학교 3차 캠프까지 고생했다며 수민의 부모님이 회를 사주셨다. 다른 애들은 다 잘 먹었지만, 난 생선회를 좋아하지 않는다. 조금 전까지 수족관 속을 헤엄치던 녀석을 삼키는 느낌이 너무 싫다.

그런데 진짜 내 모습을 드러내고 싶지는 않았다. 수민의 부모님은 계속 내가 뭘 좋아하는지, 즐겁게 지내고 있는지 물었다. 나도 안다. 사람들 대부분이 나를 더 알고 싶어 하고, 어떻게든 나한테 잘 보이려 애쓴다는 걸. 그럴수록 난 더 외로워졌다.

축구부에서 쫓겨났을 때 바닥을 쳤던 자존감이 공부를 시작하면서 조금씩 올라왔다. 팀플레이가 중요한 축구와 달리 공부는 내 실력으로 승부를 볼 수 있다는 사실이 마음에 들었다. 그런데 이상하게 성취감은 느낄 수 없었다. 축구를 할 땐 목표가 분명했다. 이기고, 더 잘하고, 팀을 승리로 이끄는 것.

처음엔 하루 열 시간씩 책상 앞에 앉아 있는 게 괴로웠다. 이러는 게 무슨 의미가 있는지 의문이 들었다. 다들 내가 공부를 잘한다고 말하지만 여전히 내 자리를 찾지 못한 느낌이었다.

재원학교 최종 합격자 발표까지 2주 남았다. 담임이 처음 이 학교 이야기를 꺼냈을 때만 해도 3차 영재 캠프까지 올 줄 몰랐다. 전교 1등 이루리도 초등학생 때부터 준비했다는데, 내가 쉽게 도전할 목표가 아니라고 생각했다. 그런데 막상 재원학교 1차에 붙으니까 생각이 달라졌다. 대한민국 최고의 재원학교를 졸업하고 명문대학교에 입학한 후 축구부에서 날 쫓아낸 사람들에게 복수하겠다는 목표가 또렷해지면서 내 안의 승부욕이 다시 타오르기 시작했다. 이제는 전략을 짜고 경기를 준비해야 할 때라는 걸 알았다. 심판이 휘슬을 불고 킥오프하는 순간을 떠올리자 흥분됐다. 공부에 본격적으로 뛰어든 지 2년도 안 됐지만 이제 내 인생이 새롭게 시작됐다는 걸 깨달았다.

토요일 영재원 수업이 끝나고 이루리에게 다가간 목적은 하나였다. 2차 합격자 발표가 있던 날 밤, 집 앞까지 찾아갔던 것도 재원학교에 대해 더 많은 정보를 얻고 도움을 받을 수 있을까 해서였다.

재원학교 1차 서류전형을 통과하고 2차까지 붙은 건 솔직히 이루리 덕분이었다. 입학 원서를 쓸 때도 재원학교에 대해 아무것도 몰랐는데 이루리가 학교별 특징과 정보를 다 알려 줬다. 덕분에 어느 학교로 갈지 결정하는 데 큰 도움이 됐다. 게다가 1차 서류전형을 통과하고 막막했는데 2차 시험 기출문제와 예상문제들도 보내 줬다.

　그런데 문제가 너무 어려웠다. 혼자서는 도저히 풀 수가 없었다. 영재원에서 알게 된 현준에게 연락했고 재원학교 입시를 준비하는 스터디 그룹에 합류하게 됐다. 이루리가 준 문제들을 친구들과 돌려 보며 어려운 문제는 같이 풀었다. 수학 담당인 담임이 예상문제들을 보더니 잘 만들었다고 칭찬했다. 담임에겐 이루리가 줬다는 말은 하지 않았다. 뭐, 그걸 말한다고 이루리가 2차 시험을 볼 수 있거나 결과가 바뀌는 건 아니니까.

　재원학교 2차 시험에서 언어나 사회, 역사 문제는 비교적 평이했다. 역시 수학과 과학 융합 문항들이 만만치 않았다. 그런데 이루리가 진짜 실력은 있는 모양이었다. 예상문제와 비슷한 유형 문제들이 반 이상 출제됐다. 덕분에 나랑 공부했던 애들 다 무난히 2차를 통과했다.

　우리는 3차 영재 캠프도 같이 준비하기로 했다. 이번에도 나는 이루리한테 기대를 걸었다. 그런데 준비해 둔 면접 예상 질문지는 없다고 했다. 혹시 다른 도움이라도 받을까 싶어 계속 연락했다.

이루리는 시험 얘기 대신에 공부 브이로그에 관해 물었다. 그 순간 등에서 식은땀이 났다. 솔직히 이루리의 도움이 없으면 좀 불안했다.

다행히 스터디 그룹에서 2차 때 나한테 도움을 받았다며 면접 예상 질문지를 공유해 줬다. 게다가 변수민이 다니는 학원에서 1박 2일로 진행하는 그룹 토론 활동에 함께 참여할 기회도 얻었다.

3차 영재 캠프를 준비하면서 우리는 시험이 끝나자마자 함께 바다를 보러 가기로 했다. 수민의 부모님이 리조트 예약은 물론 동행해 주신다고 하자 우리 부모님도 흔쾌히 허락하셨다.

바닷가 편의점을 나오면서 콜라 캔을 땄다. 톡 쏘는 탄산이 목구멍을 타고 넘어갔다. 이런 날씨엔 돈가스나 매운 떡볶이가 딱인데. 역시 회는 내 취향이 아니다. 내가 회를 좋아하지 않는 건 아버지 때문이다.

내가 어렸을 때 아버지는 서울 중심가에서 큰 일식집을 운영하셨다. 하지만 제일 친한 친구에게 사기를 당하는 바람에 졸지에 가게는 물론 집까지 경매로 넘어갔다. 그때부터 우리 가족은 일식집은커녕 횟집 근처에도 가지 않게 됐다.

그 후로 아버지는 바리스타 자격증을 땄고 동네에 카페를 열었다. 하지만 얼마 버티지 못하고 문을 닫았다. 대형 프랜차이즈와의 경쟁에서 살아남지 못했다.

내가 초등학교에 입학할 무렵 아버지는 종로에 있는 떡집에서 일을 시작했다. 새벽 3시에 출근하고 늦은 저녁까지 일했다. 떡집은 프랜차이즈의 영향을 받지 않을뿐더러 부부가 함께 일하면 인건비도 아낄 수 있었다. 부모님은 내가 국가대표가 될 거라고 믿었다. 해외 진출까지 할 수 있으면 당신들의 고생을 보상받을 수 있을 거로 생각했다.

부모님의 일상은 똑같다. 아버지는 새벽 4시에 가게로 나가 떡을 만들고 배달을 마친 후 집에 돌아와 주무신다. 어머니는 오전 10시쯤 출근해 떡을 판매하고 가게 청소를 한 뒤 늦은 저녁에야 집으로 돌아오신다. 떡집이 인맥으로 하는 장사라 아버지는 동네 조기 축구회를 다녔다. 그 덕분에 내가 축구에 재능이 있다는 걸 빨리 발견할 수 있었다.

새벽 3시, 목이 말라서 물을 마시려고 거실로 나왔을 때 텔레비전 혼자 환하게 불을 밝히고 있었다. 아버지는 출근 준비를 하는지 화장실에서 물소리가 났다.

운동을 그만둔 후 스포츠 채널은 아예 보지 않았다. 아버지가 해외 축구 경기를 즐겨 보시는 건 알고 있었지만, 청소년 국가대표 팀 경기까지 챙겨 보실 줄은 몰랐다. 소리를 죽인 텔레비전 화면에 내가 잘 아는 얼굴이 나타났다. 민규 형이었다. 세계 청소년 축구 대회에서 대한민국이 우승했다. 그것도 민규 형이 마지막에 결정 골을 넣어서.

세수하고 나온 아버지와 눈이 마주쳤다. 아버지는 당황하신 듯

리모컨을 찾아 재빨리 텔레비전을 껐다.

"안 잤냐?"

"재원학교 시험이 얼마 남지 않아서요."

내가 축구를 그만뒀을 때 누구보다 실망한 사람은 아버지였다. 다른 사람들처럼 축구부 학부모회에 더 열심히 나갔어야 했다며 후회했고 다 당신 잘못이라고 자책했다. 속에서 분노가 치밀었다. 아버지 잘못이 아니라고, 왜 진실은 회피한 채 자신만 탓하느냐고 소리치고 싶었다.

"몸 관리 잘해라. 무리하지 말고."

"네."

아버지가 나가시고 냉수를 벌컥벌컥 들이켰다. 다 잊었다고 생각했는데, 하나도 잊지 못했다는 걸 확인하는 순간이었다. 숨을 쉴 수가 없었다. 침대에 누운 채 가쁜 숨을 몰아쉬었다. 구급차를 불러야 하나, 이러다 죽는 건 아닐까? 이런 생각을 하다가 까무룩 잠이 들었다.

꿈속에서 나는 드넓은 축구장 한복판에 서 있었다. 발 앞에 놓여 있는 축구공을 가볍게 퉁겨 올렸다. 공은 마치 나와 하나인 것처럼 발끝에서 자유자재로 움직였다. 저 멀리 있는 골대가 눈에 들어왔다. 심장이 미친 듯이 뛰었고 눈동자는 커졌다. 내가 살아 있다는 걸 강렬하게 느꼈다. 하지만 아무리 뛰어도 골대에 가까워지지 않았다. 숨이 가빠지기 시작했다. 폐에 구멍이 난 것처럼 숨이 자꾸 흘러 나갔다. 심지어 축구화가 잔디에 걸려 중심을 잃고 몇 번이나 넘어졌다. 결국 난 아무리 애를 써도 골대에 이를 수 없다는 사실을 깨달았다. 절망감이 온몸을 덮쳤다.

눈을 떴을 땐 토요일이었고 오후 6시였다. 열다섯 시간이나 잤다니! 그것도 기분 나쁜 악몽을 꾸면서.

침대에 걸터앉아 숨을 가라앉혔다. 이렇게 공부해서 재원학교에 합격할 수 없다. 괜한 짓을 하는 것 같았다.

이루리에게 재원학교 기출문제집이 있는지 물어보려고 전화했다. 이루리가 전화를 받자마자 울음을 터뜨렸다. 잠깐 당황했지만, 곧 이성적으로 생각했다.

"지금 내가 거기로 갈까?"

이루리한테 접근한 건 처음부터 다 계산된 행동이었다. 축구 할 때 상대 팀의 에이스를 분석하듯 이루리 주변을 맴돌면서 관찰했다. 가장 강력한 상대를 어떻게 견제하고 역습할 기회를 잡을 수 있을지 고민했다. 그러다 영재원이 끝나고 같이 지하철을 탔다.

브이로그에서 본 이루리는 내가 생각했던 것과는 많이 달랐다. 평소 학교에서 조용히 혼자 다니는 것과는 달리 자신의 감정에 솔직했고 표현하는 데 거침이 없었다. 나 역시 차가운 심장을 숨기며 살아가는데, 무엇이 지금의 이루리를 만들었는지 궁금했다. 이루리의 이중생활에 호기심이 생겼고 그래서 댓글을 남겼다.

└, 루리 님은 오늘 특별한 하루를 보내셨나 봐요. 지금까지 한 번도 그런 적이 없는데 독서실에서 스톱워치를 켜지 않은 이유, 기말고사가 며칠 남지 않았는데 마지막으로 ㅋ 웃음을 날린 이유가 몹시 궁금하네요.

왜 거짓말을 했는지 잘 모르겠다. 그냥 솔직하게 말할 수도 있었는데 말이다.

'맞아. 니체가 바로 나야….'

그러고 보니 루리한테 문자 답장을 아직 안 했다. 휴대폰을 꺼내서 전원을 켰다. 거짓말해서 미안하다고. 우리는 그냥 재원학교 입시 준비를 같이했던 친구일 뿐이라고 말할 작정이었다.

그때 현준이 내 이름을 부르며 달려왔다.

"최원호, 여기서 뭐 해? 다들 너 기다리고 있어."

바닷바람이 차가워서인지 현준의 얼굴이 발그레했다.

"빨리 와. 지금 불꽃놀이 한대!"

"어, 갈게."

캔을 구겨서 휴지통에 던지고 휴대폰은 도로 주머니에 넣었다.

해변에서는 이미 다들 불꽃놀이에 한창이었다. 수민과 예주는 불꽃이 타닥타닥 튀는 스파클라를 흔들며 깔깔 웃었다. 현준은 연발 폭죽을 들고 모래사장을 빙글빙글 돌았다. '피용! 피용! 피용!' 소리와 함께 불꽃이 긴 궤적을 남기며 하늘로 솟아올랐다.

수민이 내 옆으로 다가와 스파클라를 내밀었다.

"원호야, 너도 해 봐. 진짜 재밌어!"

"고마워."

노란색 불꽃이 사방으로 튀면서 주변이 반짝거렸다. 문득 남산 성곽길의 노란색 가로등이 떠올랐다.

"원호야, 너 손 되게 빨개."

수민의 목소리에 번뜩 정신이 들었다.

"나 겨울이면 원래 그래."

수민이 패딩 주머니에서 핫팩을 꺼내 내밀었다. 이제까지 수민에게 받은 핫팩은 열 개가 넘었다. 대부분 주머니 속에 넣어 놨다가 다른 애들에게 주곤 했는데. 바람이 차서 손이 시렸다. 비닐 포장을 뜯어 핫팩을 손에 쥐었다.

수민이가 만족한 듯 웃었다.

"우리 다 같이 재원학교에 들어가면 좋겠다."

모두 다 재원학교에 들어갈 수 없다는 걸 알면서도 왜 이런 말을 하지? 진심일까? 아니면 뭔가를 노리고 하는 말일까? 입시라는 시스템의 근본적인 문제는 정해진 인원수만을 뽑는다는 거다. 들어갈 수 있는 숫자는 한정되어 있으니까 결국 성적순으로 줄을 세운다. 다들 그 좁은 문을 통과하기 위해 서로 견제하면서 치열하게 경쟁한다.

한때 이런 생각이 머릿속을 맴돌았다. 왜 우리가 어른들이 만든 입시 제도로 고통받아야 하지? 왜 우리끼리 죽어라 싸워야 하지? 그러다 깨달았다. 모두가 국가대표가 될 수 없고, 우승컵을 거머쥘 수 없다는 사실을. 소수의 승자만이 권력과 돈, 명예를 독차지할 수 있다. 바로 그 희소성이 승자를 더욱 빛나게 만든다. 세상은 승자와 패자만이 존재하는 제로섬 게임일 뿐이다.

수민이 불쑥 말했다.

"원호야, 사실은 나… 널 좋아해."

예주가 현준을 내 쪽으로 오지 못하게 붙잡고 있을 때부터 눈치챘다. 어쩌면 그전부터 느낀 것 같기도.

"우리 사귈래?"

문득 루리와 함께 갔던 돈가스 가게 유리창이 떠올랐다. 유리창을 타고 흘러내리던 물방울이 기억났다. 이 상황에선 수민과 사귀는 게 나한테 도움이 될 수 있다. 물론 우리 둘 다 재원학교에 합격한다는 가정하에 말이다. 그런데 선뜻 대답할 수 없었다.

내가 머뭇거리자, 수민의 얼굴이 새빨개졌다.

"내가 갑자기 말해서 놀랐지? 나중에 말해 줘도 돼."

"그래, 그럴게."

수민이 차갑게 식은 스파클라를 모래 위에 내려놓았다. 그러고는 입김을 불며 양손을 비볐다.

"아까 현준이가 너 축구 선수 했다던데, 왜 그만뒀어?"

다들 그게 궁금하겠지. 내가 왜 실패했는지 알고 싶어서 안달이지.

"다쳤어. 그래서 아팠고. 다시는 축구를 하지 않겠다고 결심했어."

뻔한 질문에는 뻔한 대답뿐.

"축구를 정말 좋아했는데…. 이젠 내가 운동을 했었다는 것도 다 잊었어."

7년 동안 하루도 쉬지 않고 운동장을 누볐던 건 심장이 터질 듯한 그 순간이 좋아서였다. 장담컨대 운동장에서 나만큼 온 몸을 던져 경기하는 선수는 없었다.

"힘들었겠다."

"이젠 괜찮아."

"우리 사촌오빠도 축구 선수인데. 너 혹시 변민규라고 알아?"

내 말 못 들었어? 다 잊었다고 했잖아!

"아, 민규 형. 최근에 청소년 국가대표 됐잖아."

"너도 알고 있었구나."

"워낙 이쪽이 좁아서 다 알지. 근데 형한테는 내 얘기 하지 마. 나 축구 그만둘 때 서로 좀 안 좋았거든. 그래서 관계가 서먹해졌어."

"그러면 둘 다 불편하겠네. 사촌오빠한테는 네 얘기 안 할게."

나는 손에 쥐고 있던 핫팩을 수민에게 건넸다. 민규 형하고 다시 얽히고 싶지 않았다.

"수민아, 춥지?"

그러자 수민의 얼굴이 다시 환해졌다.

"고마워, 원호야."

수민이 양손으로 핫팩을 감쌌다.

"아, 따뜻해."

그저 받은 핫팩을 다시 돌려줬을 뿐인데, 수민은 내게 큰 선물이라도 받은 것처럼 좋아했다. 어떤 이들은 이런 나를 계산적이라거나, 남을 이용한다고 말할지도 모르겠다. 그저 나는 상대방이 무엇을 원하는지 눈에 잘 보이고 그에 맞는 행동을 했을 뿐인데 말이다.

이루리도 마찬가지였다. 그저 힘들어할 때 옆에 있어 줬을 뿐인데, 놀라운 비밀을 털어놓았다. 재원학교 준비를 많이 못 해 자신이 없다고 말했을 뿐인데, 예상문제지를 주며 나를 위로했다. 이젠 내가 연락 안 한다며 원망하고, 미안한 척이라도 해야 하는 거 아니냐며 화를 내겠지? 지금까지 내가 만난 사람들 모두가 그랬던 것처럼.

오프사이드 트랩

어렸을 때부터 나는 지기 싫어하고 자존심이 강해 다른 애들과 싸우는 일이 잦았다. 부모님은 나의 이런 성향을 어린 나이 탓으로 여기며 두둔했고, 또래들보다 영특했던 나는 선생님들조차 미워하지 못하도록 행동하는 법을 알고 있었다.

초등학생 때 우리 반에 좀 특이한 애가 있었다. 평소에는 행동이 느린데 수업만 시작하면 활발해져서 교실을 돌아다니고 시시때때로 이상한 질문을 던지곤 했다.

선생님이 피아노를 치며 다 함께 노래하는 음악 시간에도 그 애는 혼자 캐스터네츠를 박자에 맞지 않게 딱딱거렸다. 선생님이 피아노 연주를 멈추고 "그만 하세요. 악기는 책상에 내려놓아요"라고 타일러도 말을 듣지 않았다. 참다못한 선생님이 그 애의 손목을 잡아 교실 밖으로 데리고 나갔다. 교실은 순식간에 조용해졌고 모두의 얼굴에 미묘한 안도감이 스쳤다. 동시에 죄책감도 느꼈다. 그 애가 나가길 은근히 바랐던 것이다. 이런 상황이 반복되자 모두 그 애를 싫어하고 멀리하기 시작했다.

문득 궁금했다. 만약 내가 직접 그 애를 혼내 준다면 선생님과 아이들은 어떤 반응을 보일까?

점심 급식을 먹고 쉬는 시간이었다. 그 애가 또 교실을 휘저으며 뛰어다니는 바람에 나와 부딪혔다. 나는 바닥에 넘어지면서 입술이 찢어져 피가 났다. 다른 애들이라면 울음을 터뜨리며 선생님에게 달려갔겠지만, 나는 그러지 않았다. 대신 운동장 미끄럼틀에서 그 애를 밀어 버렸다. 그 애는 바닥으로 떨어지고는 악을 쓰며 울었다. 그 뒤로 애들은 나를 무서워하면서도 어울리고 싶어 했다. 내 행동을 따라하며 그 애를 골탕 먹이곤 했다. 그 애가 전학을 가고 나자, 교실 분위기는 평화로워졌다. 선생님은 수업 시간 내내 우리에게 상냥한 미소를 지어 보였다.

아버지는 내가 이길 때까지 물고 늘어지는 집념과 강한 승부욕을 가졌다는 걸 알아챘다. 그래서 지역에서 이름난 유소년 축구 교실로 데리고 갔다. 그곳에서 내 재능은 빛을 발했다. 다른 애들이 공만 쫓아 달릴 때 나는 어떤 위치에서 공을 기다려야 하는지를 직감적으로 알았다.

그런데 문제가 있었다. 나는 운동을 하기에는 근육이 잘 붙지 않는 마른 체형이었다. 자꾸 몸싸움에서 밀리자 근력 강화에 주력

했다. 그렇게 끈질기게 노력한 끝에 근육만 10킬로그램을 붙이고서야 축구 명문 중학교에 진학할 수 있었다. 여기서 인정받으면 프로 산하의 고등학교 진학은 물론 명문대나 프로 진출까지 꿈꿀 수 있었다.

보통 축구 선수라고 하면 온종일 운동장에서 먼지를 뒤집어쓰고 공만 쫓아다니는 모습을 상상한다. 난 달랐다. 축구가 끝난 후 부모님 가게에서 저녁을 먹고 인터넷 강의를 보며 공부했다.

감독은 내 머리가 비상하다며 지도자의 길을 가는 게 어떠냐고 물었다. 난 벤치에 앉아 다른 선수들 뛰는 거나 보고 싶지 않았다. 이 중학교에 들어오기까지 얼마나 많은 경기에서 이겨야 했는데. 인제 와서 선수 생활을 포기하라고?

그 뒤로 감독은 팀의 에이스였던 민규 형과 나를 경쟁시키기 시작했다. 나는 경쟁을 즐기는 데다 언제 공격하고 수비해야 할지를 정확히 알고 있었다. 반면에 민규 형은 발이 빠르고 몸싸움을 잘했지만, 전략적으로 축구를 하는 타입은 아니었다. 특히 강한 상대를 만나면 쉽게 주눅 들었고 약한 상대를 만나면 오만해져서 플레이 기복이 심했다.

감독은 민규 형이 경기를 망친 날이면 선수들을 일렬로 세워 놓고 나에게 민규 형의 플레이를 분석하라고 했다. 나는 팀이 승리하기 위한 전략이 무엇이었는지, 민규 형이 어떻게 다르게 행동했는지를 말했다.

감독이 손가락으로 툭툭 민규 형의 머리를 쳤다.

"아이고, 이것아. 머리를 써야지. 넌 언제까지 고삐 풀린 망아지 마냥 축구장만 뛰어다닐래."

민규 형은 고개를 푹 숙인 채 눈물을 흘렸다. 감독은 민규 형을 향해 손가락을 까딱거리며 눈앞에서 사라지라고 소리쳤다.

"저딴 게 우리 팀 에이스라니. 아이고, 속 터져."

감독은 민규 형이 어떤 상황에서도 무너지지 않는 강한 멘탈을 갖길 바랐다. 하지만 감독의 그 방식은 오히려 형을 수치와 낙담 속으로 깊이 밀어 넣었다. 민규 형의 플레이가 점점 안 좋아지자, 감독은 나한테 더 많은 기회를 주기 시작했다.

지방 합숙 훈련 중이었다. 경기를 앞두고 나는 내 실력을 증명하려 애썼고 민규 형 역시 에이스 자리를 지키기 위해 몸을 사리지 않았다.

그날 밤 3학년 형들이 나를 '그 방'으로 불렀다. '그 방'은 3학년 숙소를 말하는데, 이렇게 지시대명사로 부르면 왠지 죄책감을 느끼지 못하는 것 같았다. 감독이 우리를 '이것', '저것'이라고 부르는 것처럼.

형들이 나를 따로 '그 방'으로 부른 적이 없었는데 의아했다. 방문을 열고 들어가자 형들이 나를 둘러싸기 시작했다. 방구석에서 민규 형이 천천히 고개를 들었다.

민규 형을 보자마자 웃음이 나왔다. 아, 민규 형… 전략적으로

생각하는 건 별로 안 좋아하니까 익숙한 방식으로 해결하려는 것
같았다.

"에이, 형. 왜 이래요. 이러면 형한테 좋을 거 없잖아요."

나는 이 상황이 어떤 결과로 이어질지 너무나도 잘 알고 있었
다. 내가 농담처럼 말한 게 형을 더 자극한 것 같았다.

"최원호, 이 새끼 쳐 맞고 싶어 환장했나?"

민규 형 얼굴이 순식간에 벌게졌다. 그러고는 분노에 휩싸여 달
려들었다.

"형, 우리 이러지 말고 얘기 좀 해요!"

공격을 피하려 했지만 공간이 좁아서 재빨리 움직이지 못했다.
누군가 민규 형을 말려 보려 했지만 이미 상황은 되돌릴 수 없었다.

민규 형이 나를 밀었고 나는 넘어지면서 탁자에 부딪혔다. 순간
날카로운 모서리가 내 등을 강타했다. 갈비뼈가 부러지는 소리가
내 귀에까지 들렸다. 그리고 그만 정신을 잃었다.

정신을 차렸을 땐 이동 침대 위에 누워 있었다. 천장이 흔들리
고 구급대원의 목소리가 들렸다. 등에서 통증이 밀려들어 숨조차
쉴 수 없었다. 그런데 그만 나도 모르게 웃음이 터져 나왔다. 내가
겪은 이 끔찍한 일들이 축구부에 새로운 변화를 불러올 거라는 직
감이 들었다. 민규 형을 비롯해 폭력에 가담했던 형들이 학교 폭력
위원회에 불려 갈 것이고 그렇게 되면 축구부 문제들이 낱낱이 드
러날 것이다. 갈비뼈가 부러지며 폐에 구멍이 났는데도 웃음을 멈

출 수 없었다.

하지만 상황이 내 예상과는 다른 방향으로 흘러갔다. 학교에서는 지금까지 축구부에서 신체적, 정신적 폭력행위로 학교 폭력 위원회가 열린 적이 없었다며 상습은 아니라고 결론지었다. 감독은 부모님께 연락해 국가대표가 될 엘리트 선수들이라며 원만하게 합의하자고 했다. 나는 병원 침대에 꼼짝도 못 하고 누운 채 머릿속으로 빠르게 계산했다.

만약 합의한다면 나는 프로 산하 고등학교로 갈 수 있겠지만, 다시 '그 방'으로 불려 갈 것이다.

반면 합의하지 않는다면 민규 형은 물론 폭력에 가담한 다른 선수들 모두 경찰 조사를 받게 될 것이다. 축구부에서 한두 명만 진술해도 '그 방'에서 비밀리에 벌어졌던 폭력들이 세상에 드러날 것이고 감독은 책임을 피할 수 없다. 그렇게 되면 나는 프로 산하 고등학교 진학은 물론 '그 방'으로 불려 가는 일도 없게 된다.

내가 병원에 누워 있는 동안 폭력을 주도한 대가로 민규 형은 다른 학교로 전학을 갔다. 하지만 교장과 학부모들 반대로 감독은 경질되지 않았다. 매해 좋은 성적으로 학교의 명예를 드높였던 감독은 사전에 상황을 전혀 인식하지 못했다는 이유였다. 대신 합숙소 곳곳에 CCTV를 설치하는 것으로 상황은 마무리되는 듯했다.

문제는 엉뚱한 곳에서 불거졌다. 축구부 아이들은 익숙한 폭력보다 자신들과 다른 나를 더 두려워했다.

"최원호 구급차에 실려 가면서 웃는 거 봤어? 갈비뼈 부러져 숨도 못 쉬겠다던 놈이 가슴 부여잡고 웃는데 소름 돋았어. 완전 미친 새끼야."

경기장에서 물불을 가리지 않고 뛰었던 열정과 승부욕은 폭력적 성향으로, 전략적 사고는 감독과 선수들 사이에 갈등을 조장하는 교활함으로 비쳤다. 극심한 고통에도 불구하고 견뎌 낸 인내력과 끈기는 오히려 '미친 새끼'라는 꼬리표로 돌아왔다.

완벽한 오프사이드 트랩을 걸었다고 생각했는데, 알고 보니 내가 그 트랩에 걸려든 셈이었다. 결국 이 폭력 사태의 책임이 나에게도 있다는 누명을 쓰고 축구부를 나와야 했다.

프리킥

퇴원하던 날 아침을 잊을 수 없다. 구름이 무겁게 내려앉아 금방이라도 눈이 쏟아질 것 같았다. 병원 문을 밀고 나오는 순간 차가운 공기가 내 폐를 가득 채웠다.

그때 알았다. 예전에 나는 죽었다는 걸. 심장은 더욱 차가워졌고 피부는 아무리 꼬집어도 아픔조차 느끼지 못했다. 분노나 슬픔, 불안이나 두려움 같은 감정이 모두 사라진 듯했다. 학교로 돌아가야 한다는 생각에도 아무런 느낌이 없었다.

부모님은 어차피 전학을 갈 거니까 얼마 남지 않은 겨울방학까지 집에서 쉬라고 했다. 나는 도망치듯 학교를 떠나고 싶지 않았다. 아니, 그럴 이유가 없었다. 그래서 겨우 붙은 갈비뼈를 꼿꼿하게 세우고 다시 학교로 향했다.

점심 급식을 먹고 반 애들 몇몇이 운동장에서 축구를 하고 왔는지 땀 냄새와 호르몬 냄새가 공기 중에 뒤섞여 있었다. 멸균된 병실에서 지내다 와서인지 냄새가 유독 강하게 느껴져 머리가 아팠다. 내가 창문을 조금 열려고 하자 창가에 앉은 애들이 춥다며 시끄럽게 소리쳤다.

5교시 종이 울리자, 도덕이 교실 문을 열고 들어왔다. 도덕은 욕을 입에 달고 사는데도 애들한테 인기가 많았다. 항상 모든 것을 의심하라고 가르쳤으며 자기 말도 무조건 다 믿지 말라고 했다.

"아, 게으른 새끼들. 수업하기 전에 환기 좀 해 놓지. 당장 창문 열어!"

도덕이 코를 틀어막고 팔을 휘휘 저었다. 창가에 앉은 애들이 키득키득 웃으며 창문을 열었다. 신선한 공기가 차가운 바람을 타고 교실 안으로 휘몰아쳐 들어왔다.

교실 안이나 운동장이나 똑같다. 애들이나 어른이나 힘없고 만만한 사람은 쉽게 무시하고, 권위 있는 사람의 말에는 군소리 하나 없이 복종한다. 다들 알고 있던 세상 이치를 나는 갈비뼈 세 개가 부러지고 폐에 구멍이 나서야 깨달았다고 생각하니 쓴웃음이 흘러나왔다.

도덕이 나를 쳐다봤다. 나도 도덕의 눈을 피하지 않았다.

"독일의 철학자인 니체는 기존의 도덕 체계에 의문을 제기했어. '선한 인간'이 오히려 위험할 수 있다고 했지. 니체가 왜 그렇게 생각했을까?"

그 순간 망치로 머리를 한 대 맞은 기분이었다. 니체는 대체 누구길래, 왜 그런 말을 한 거지?

"니체가 말한 '선한 인간'이란 단순히 도덕적 규범을 잘 따르는 사람이 아니야. 맹목적으로 남들이 시키는 대로만 하는 사람이지. 실제로는 자신의 안전과 이익만을 생각하면서 진실을 숨기는 사람들 말이야."

도덕의 목소리가 쩌렁쩌렁 교실 안을 메웠다. 다른 애들은 무슨 소리인지 잘 모르는 것 같았지만, 나는 폐 속 깊은 곳까지 이해했다.

7년간 축구를 할 수 있었던 건 경기에서 이기는 순간이 좋아서 이기도 했지만, 운동장에서 함께 구르고 뛴 동료들 때문이었다. 경기에서 지면 모두가 보는 앞에서 한 사람씩 플레이를 지적해도 잘 받아 주었고 민규 형과 감독 때문에 힘들겠다고 동정했다. 하지만 문제가 터지자 아무도 감독이 평소 선수들을 어떻게 대했는지, 우리가 얼마나 힘들었는지는 말하지 않았다. 다들 안전하게 살아남으려고 감독의 비위나 맞추며 입을 다물었다.

창가에 앉은 누군가 도덕의 말을 자르고 소리 질렀다.

"선생님, 이제 창문 닫아도 돼요?"

교실 여기저기서 애들이 한목소리로 외쳤다.

"추워요, 선생님!"

그제야 도덕은 나한테서 시선을 옮겨 교실 전체를 둘러보았다. 그러고는 낮은 한숨을 내쉬더니 교과서를 펴라고 했다.

수업이 끝나자마자 휴대폰을 꺼내서 니체를 검색했다. 어려운 단어들과 복잡한 문장들 사이에서 '초인'이란 단어가 눈에 들어왔다. 초인은 자기 길을 가면서 기존의 가치관을 초월하는 영웅 같은 존재였다. 반대로 '말인'은 자신의 생각 없이 눈치나 보면서 남들의 기대에 맞춰 사는, 축구부에서 봤던 애들이랑 똑같았다.

갑자기 축구장 한가운데 서 있는 기분이었다. 골문 앞에는 거대한 인간 벽이 서 있고, 내가 프리킥을 차려고 하는 상황. 나는 천천히 뒤로 물러섰다. 심판의 휘슬이 울리기를 기다리는데 주변이 조용해지는 게 느껴졌다. 골키퍼는 긴장한 듯 불안하게 몸을 움직였다.

관중석에 앉은 부모님의 기대와 걱정이 무거운 공기처럼 나를 감쌌다. 심장이 세차게 뛰었지만, 마음은 차분했다. 초인이 되는 건 어쩌면 이런 것일지도 모른다. 다른 사람들의 기대와 걱정, 불안까지 다 느끼면서도 그걸 뛰어넘는 것. 나를 죽이지 못하는 건 오히려 나를 더 강하게 만들었다.

○

바닷가를 다녀오고 며칠 후 민규 형이 나를 만나고 싶다며 연락을 해 왔다. 나는 부러졌던 갈비뼈가 아직도 욱신거리는데 자꾸 웃음이 나왔다.

내가 계속 키득거리자, 민규 형도 따라 웃었다.

"잘 지내는 것 같아서 다행이다."

"형, 청소년 국가대표 됐더라고요. 축하해요."

이걸로 수민은 나랑 한 약속을 지키지 않았다는 게 밝혀졌다.

"고맙다. 축하받으려고 온 건 아니고. 너도 잘 지낸다며? 수민이랑 같이 재원학교 시험 봤다고?"

"수민이 부모님이랑 여행도 갔어요."

민규 형이 안절부절못하며 이마를 긁었다. 저렇게 감정을 숨기지 못하는 사람이 어떻게 국가대표까지 됐는지….

"원호야, 작은아버지가 수민이 걱정을 많이 하시더라. 애가 공부만 해서 순진하대."

"형, 저도 운동만 해서 순진해요."

"장난치지 말고."

민규 형의 얼굴은 더 까매졌고 키도 훌쩍 컸다. 예전에 감독 앞에서 질질 짜던 모습은 온데간데없었다.

"그때 일은 참 미안하다. 다른 학교에 가 보니까 알겠더라. 우리가 잘못하고 있었다는 거."

민규 형이 머리를 긁적거리며 말을 이었다.

"그때까지 난 잘한다는 소리만 들었으니까. 근데 감독님이 너랑 나를 자꾸 비교하면서 못한다고 하니까 미치겠더라. 내가 있을 자리가 없는 것 같더라고. 그러다 이성을 잃었어."

진작 깨달았으면 좋았잖아요? 라는 말이 혀끝에서 맴돌았지만,

말을 삼켰다.

"수민이가 네 이야기 했을 때 진짜 반가웠어. 이제라도 사과하고 싶어 만나자고 한 거야."

"형, 정말 사과만 하러 온 거예요?"

민규 형의 얼굴이 순간 일그러졌다.

"야, 넌 뭐 그렇게 어렵게 사냐? 너무 머리 굴리지 말고 살아. 좀 단순하게. 사람 진심 같은 것도 받아 주고 말이야."

내가 피식 웃으니까 민규 형도 웃었다.

"형은 다 잊었는지 모르지만 내 배에는 수술한 자국이 남아 있어요. 조금만 무리하면 숨이 차서 예전처럼 뛰지도 못하고요."

민규 형의 얼굴에서 웃음기가 사라졌다.

"형이 이렇게 나오니까 제가 또 생각이 많아지는 거예요. 모두가 형처럼 단순하게 살지 않아요."

형은 자기가 잘되고 나도 재원학교 간다니까 내가 용서할 줄 알았나 보다. 그런데 용서가 그렇게 쉬울까? 나는 아직도 그때 일을 잊을 수가 없는데 말이다.

내 전화를 받고 나온 수민은 나를 보자마자 급하게 말을 쏟아냈다.

"나 학원 가야 해. 퇴근 시간이라 길이 막혀서 잠깐밖에 못 있을 것 같아."

"수민아, 나 오늘 민규 형을 만났어."

내 말에 수민의 표정이 굳었다.

"원호야, 정말 미안해. 너에 대해 궁금해서 민규 오빠에게 물어보다가….."

"그렇게 궁금했으면 나한테 직접 물어봐야 하는 거 아냐?"

"그게 그렇긴 한데…. 네가 다른 애들이랑 좀 다르니까."

수민은 잠시 머뭇거리더니 갑자기 나를 탓하기 시작했다.

"네가 어떻게 나한테 이래? 널 좋아한 게 잘못은 아니잖아? 내 마음을 받아 주지 않아도 돼. 그래도 예의는 지켜야 하지 않아?"

수민이가 나를 노려보며 말했다.

"넌 양심이라는 게 있어?"

양심이라…. 내가 왜 그런 것에 얽매여야 해? 라고 되묻으려다 말았다. 양심적이라 한들 경기에서 이길 수 있는 것도 아니고, 공부를 잘하게 되는 것도 아닌데 말이다. 오히려 부모들은 자기 자녀들에게 "넌 1등이 되고 싶은 승부욕이 없어? 왜 의지가 없고 욕심이 없는 거야?" 하며 몰아세우지, "넌 양심이 없어? 네가 욕심부려 1등을 하는 바람에 다른 애들이 상처받고 힘들어하는 게 안 보여?"라고 묻지 않는다.

"수민아, 네가 말하는 양심이란 게 뭔데?"

"그야, 다른 사람 마음 배려해 주고 상처 주지 않는 거지."

차가운 감정이 내 몸을 휘감았지만, 친절한 미소를 잃지 않았다.

"수민이 넌 민규 형에게 내 이야기 하지 않겠다고 했잖아. 근데 왜 약속을 안 지켰어? 그게 나 배려해 준 거야?"

수민이 지지 않고 대답했다.

"네가 먼저 약속을 안 지켰으니까."

"내가 너한테 어떤 약속을 했는데?"

"그야…."

"내가 네 마음 안 받아 줘서?"

"그런 거 아니거든!"

이런 대화를 언제까지 해야 하는지, 피곤이 몰려왔다.

"내 기억에 나는 너한테 어떤 약속을 한 적 없는 것 같은데. 약속을 안 지킨 사람은 바로 너야. 양심이 없는 사람은 너라고."

"민규 오빠가 너 미친놈이라고, 상대도 하지 말라고 했는데. 그 말이 맞네."

이걸로 민규 형의 사과도 진심이 아니었다는 게 밝혀졌다.

"최원호, 이제 나한테 연락하지 마. 재원학교에 가도 아는 척하지 마. 그랬다간 네가 어떻게 축구부에서 쫓겨났는지, 어떤 사람인지 다 밝힐 테니까."

내 안에서 또 다른 내가 속삭였다.

'그만해. 이러다 네가 더 곤란해져.'

수민이 말대로 양심이 다른 사람의 마음을 배려하고 상처 주지 않는 거라면, 왜 나만 그렇게 해야 해?

"우리가 경포대에 다녀오고 현준이한테 고백받았다며? 너도 대답 못 했다고 들었는데. 네가 나한테 이러는 게 현준이한테 예의인 거야?"

"최원호, 너 진짜 최악이야!"

남에게 상처를 주고도, 자신은 상처받지 않을 거로 생각하는 사람들. 정말 양심이 없는 건 누굴까?

불현듯 남산도서관 버스 정류장이 떠올랐다. 돈가스 가게의 차가운 유리창이, 가로등 불빛이 환하던 성곽길이, 서울 야경을 내려다보며 웃던 루리의 얼굴이 머릿속을 스쳤다. 그제야 알았다. 내가 왜 수민의 고백을 받아들일 수 없었는지를.

패스미스

루리야, 나 너희 집 앞 놀이터야.
잠깐 나올 수 있어?

루리가 내 문자를 읽었는지 방금 숫자 '1'이 사라졌다.

그래, 인정하자. 나라도 화가 많이 났을 거다. 나는 루리에게 그동안 연락을 안 한 이유를 말하며 사과하고 싶었다.

아파트 가로등 불빛 아래 서서 루리가 나오길 기다렸다. 그때 놀이터 쪽으로 누군가 다가왔다.

"오, 우리 학교 천재 이로운이네. 언니가 보냈어?"

로운은 아무 말 없이 나를 뚫어져라 쳐다봤다. 그 시선이 불편했지만 내색하지 않으려 비닐봉지를 가리켰다.

"편의점 갔다 온 거야?"

로운은 계속 무표정한 얼굴이었다. 나는 주머니에 손을 넣었다 뺐다 하며 초조함을 감췄다.

"이로운, 언니한테 원호 오빠가 놀이터에서 기다리고 있다고 말해 줄래?"

나는 최대한 부드럽게 말하며 로운의 어깨에 손을 얹었다. 그러자 로운이 내 손을 확 쳐냈다.

"언니한테 뭐라고 할 건데?"

"사과할 게 있어서."

"다른 목적은 없고?"

로운의 날카로운 눈빛에 말문이 막혔다. 하지만 이 대화의 주도권을 뺏기고 싶지 않았다.

"이로운, 근데 왜 자꾸 오빠한테 반말이지?"

"너도 나한테 반말하잖아."

"그래도 안 되지. 내가 너보다 밥을 먹어도 더 먹었을 테니까."

"좋겠다. 밥 많이 먹어서. 난 하루 두 끼만 먹어."

"그래? 그 봉투 안에 컵라면은 뭐지?"

로운의 표정이 딱딱하게 굳었다.

"그만해. 난 루리 언니랑 달라. 네가 만든 상황에는 안 넘어가."

"상황? 난 그냥 대화하는 건데."

"진짜 그렇게 생각해? 넌 지금 날 이용해 언니를 불러내려고 하잖아. 날 어린애 취급해서 우위에 서려고 한 거고."

순간 당황했다. 이 애가 어떻게 이렇게 날 꿰뚫어 보는 거지?

"그러니까 난 그냥…."

"알아. 넌 그게 당연하다고 생각하겠지. 근데 그건 다른 사람의 감정을 고려하지 않는 거야. 머리는 좋지만, 사람들의 반응이나 마음은 제대로 이해하지 못하는 거지."

솔직히 인정한다. 나는 어렸을 때부터 세상이 돌아가는 이치를 알았고, 누가 나에게 도움이 되는 사람인지를 알아차렸다. 승부욕이 강하고 상황을 이용하는 것도 잘하는데, 정작 나 자신이 어떤 사람인지는 잘 모르겠다.

"이렇게 해서 잠깐은 이길 수 있겠지만 나중엔 어떻게 될지 생각해 봤어?"

어쩌면 로운은 나랑 비슷한 애일지도 모르겠다. 난 더 이상 위선적인 가면을 쓰고 있지 않아도 된다는 사실에 해방감을 느꼈다.

"그게 뭐 어때서? 결국엔 우리처럼 똑똑하고 강한 사람들이 이 세상을 움직이게 될 거야. 성공 사다리에서 맨 꼭대기에 올라가는 거라고."

로운이 눈을 깜빡이더니 물었다.

"그렇게 성공했다고 치자. 그다음엔 뭐가 있을 것 같아?"

이렇게 현실감각이 없는 어린 천재라니…. 한때 왜 우리끼리 입시라는 전쟁터에서 싸워야 하는지 이해하지 못했던 내 모습이 떠올라 안쓰러웠다.

"왜 우리나라 청소년들이 미친 듯이 공부한다고 생각해? 슈바이처 박사처럼 의료봉사라도 하며 살려고? 아니면 제인 구달 같은 환경운동가가 되고 싶어서?"

나는 여유롭게 팔짱을 끼며 말을 이어 갔다.

"우리 솔직해지자. 내가 원하는 직업, 내가 하고 싶은 일을 선택할 때 기회를 잡을 수 있는 사람이 되고 싶어서야. 거기에 돈과 명예까지 따라 주면 고맙지. 그래서 언니, 오빠들은 열심히 공부하는 거란다. 알겠니?"

나는 이미 이 상황을 즐기고 있었다. 하지만 친절한 오빠 역할은 여기까지. 게임은 이기려고 하는 거니까.

"그래서 너도 뇌수술을 받은 거 아냐? 더 똑똑해져서 성공하려고 말이야."

감정의 동요 하나 없던 로운의 얼굴이 창백해졌다. 입술까지 떠는 걸 보니 많이 놀라긴 한 모양이었다.

"그걸 어떻게 알았어?"

불안한 로운의 눈빛에 어쩐지 마음이 불편해졌다. 이기고 싶지만, 무너뜨리고 싶진 않았다.

"아, 그게…. 그냥 추측한 거야. 너 엄청 똑똑하잖아. 그리고 네 이마에 작은 흉터도 있고…."

로운이 코를 찡긋하며 이마를 어루만졌다. 나는 재빨리 말을 이었다.

"네 말대로 내 심장이 얼어붙었다고 하자. 그래서 난 남 탓하며 화내는 대신 어떻게 살아남을지를 고민하지. 그것도 아주 잘 살아남는 방법을. 바로 이 차가운 심장과 머리로 말이야."

나는 손가락으로 내 머리를 두드렸다. 경기에 질 때마다 감독이 민규 형한테 그랬던 것처럼. 나는 그때 느꼈던 모멸감과 분노를 떨치려고 더욱 세게 말을 이어 갔다.

"근데 어쩌지? 솔직히 나도 뇌수술을 받아 보고 싶어. 너처럼 천재가 되면 재원학교 합격 같은 건 신경 안 써도 되잖아?"

진심이 전혀 없지는 않았다. 민규 형은 체력이며 신체 조건이 축구를 위해 태어난 사람이었다. 그에 비해 나는 근육이 잘 붙지 않아 늘 노력해야 겨우 따라갔다. 민규 형이 나 때문에 자격지심을 느꼈다면, 나는 형 때문에 열등감을 느꼈다. 그런데 열심히 노력하지 않아도 된다면? 아등바등 애쓰지 않아도 성공할 방법이 있다면?

"나도 좋은 대학 가고 싶어 재원학교에 지원한 거야. 근데 뇌수술을 받는다면 해외 명문 대학에서 장학금을 주면서까지 날 오라고 할걸? 조금만 노력해도 노벨상 같은 건 그냥 받을 수 있는 거 아냐? 그럼 나도 아인슈타인처럼 위대한 업적을 남길 수 있을지도 모르지."

"나도 처음엔 그렇게 생각했어. 지능이 높아지면 다 해결될 거라고. 근데 실제는 달라. 새로운 고민들이 계속 생겨."

"그게 무슨 뜻이야?"

"똑똑한 뇌를 갖게 되면 세상이 더 명확해질 거라고 생각하지? 오히려 반대야. 문제는 계속 생겨나고 해결할수록 더 복잡해져. 사람들하고 대화하기도 점점 더 어려워. 서로 관심사가 너무 다르니까."

로운은 잠시 생각하더니 말을 이었다.

"아무도… 날 이해해 주지 못해. 루리 언니도…."

그때 루리의 목소리가 밤공기를 가르며 날아왔다.

"이로운! 최원호! 너희 거기서 뭐 해?"

팽팽한 긴장감이 순식간에 흐트러졌다. 나는 화끈거리는 목덜미를 손으로 문질렀다.

"어, 루리야!"

내가 다가가자, 루리가 한 발짝 물러섰다.

"이로운, 내가 말했지? 내 일은 내가 알아서 한다고!"

루리의 날카로운 목소리에 로운의 표정이 굳었다. 아까까지만 해도 냉정하고 논리적이었던 천재 소녀의 모습은 온데간데없고 그저 언니 앞에서 주눅 든 어린 동생 같았다.

루리가 내게 눈짓했다. 다른 곳으로 가자는 뜻이었다. 나는 루리를 따라가면서 뒤를 돌아봤다. 로운은 여전히 루리를 뚫어져라 쳐다보고 있었다. 로운의 눈빛에는 언니에 대한 원망과 동시에 묘한 감정이 섞여 있었다. 하지만 루리는 로운에게 눈길조차 주지 않았다.

우리는 놀이터 그네에 나란히 앉았다. 루리는 말 없이 고개를 숙이고 있었다.

나는 머릿속으로 수많은 시나리오를 그렸다. 루리가 왜 연락이 없었냐고 따지거나, 화를 내면 어떻게 대응할지 미리 대답을 준비해 뒀다. 하지만 루리의 첫 마디에 다 무너졌다.

"원호야, 네가 왜 이렇게 행동하는지 궁금했어. 내가 뭘 잘못한 건가 싶기도 했고. 근데 아무리 생각해도 모르겠더라."

루리의 상처받은 눈빛에 당황해 말을 더듬었다.

"루리야, 네 마음 알면서도…. 아니, 사실은 나도 내 마음을 잘 몰라서…."

뭐라고 말해야 할지 모르겠다. 내 마음도 정리가 안 됐다.

"원호야, 나 너한테 할 말이 있어."

루리는 내가 예상치 못한 말들을 쏟아 냈다.

"사실 나 돈가스 싫어해. 그리고 내 키가 이 정도 큰 건 초등학생 때 성장호르몬 주사를 맞아서였어. 지난 기말고사 망쳐서 성적이 크게 떨어졌는데, 그때 내 브이로그에 댓글 남긴 '니체'가 너인 줄 알고 물어봤던 거였어."

왜 이런 얘기를 하는 거야? 그냥 화를 내. 난 그게 더 쉬울 것 같아.

"그냥 솔직하게 말해 줬으면 좋겠어. 난 네가 진심이 아닌 것 같아. 그게… 좀 아프더라."

그네에서 일어나 무릎을 꿇었다. 이게 지금 내가 할 수 있는 전부였다.

"정말 미안해. 맞아, 니체가 바로 나야. 내가 네 브이로그에 댓글 남겼어."

말하고 나니 이상하게 마음이 편안해졌다. 이제 더 이상 '니체' 라는 가면 뒤에 숨어 있지 않아도 된다.

"루리, 넌 내가 아는 애들이랑 달랐어. 다들 경쟁하느라 바쁜데 네가 알고 있는 걸 솔직하게 다 공유했어. 난 그런 네가 너무 낯설고 궁금했어."

"나에 대해 더 알고 싶어서 거짓말을 했다는 말이야? 내가 너한테 휘둘리는 걸 보며 기분이 어땠어? 좋았니?"

그런 줄 알았는데… 아니었다.

"멋대로 너한테 비밀을 털어놓고 이제는 밝혀질까 전전긍긍하는 내 모습은 또 얼마나 한심하고 웃길까?"

루리가 고개를 숙였다. 눈물 한 방울이 바닥으로 툭 떨어졌다. 그제야 내가 저지른 거짓말이 얼마나 어리석고 잔인했는지를 깨달았다.

"로운이랑 이야기하는 거 들었어. 너 진심이야? 뇌수술을 받고 싶다는 말?"

정말 뇌수술까지 받아 가며 천재가 되고 싶은 걸까? 로운이 뇌수술로 천재가 된 건 부럽지만, 그게 옳은 건지는 모르겠다. 운동선수들이 근육을 빨리 키우려고 약물을 먹는 것과 뭐가 다르지? 한때 아무리 노력해도 근육이 붙지 않고 몸싸움에서 밀려서 스테로이드를 검색해 본 적이 있다.

"루리야, 난 네 걱정을 하는 거야. 넌 초등학생 때부터 열심히 준비했잖아. 로운이가 재원학교 붙으면 억울하지 않아?"

"네가 억울한 건 아니고?"

"맞아. 난 억울해. 운동 선수들은 금지된 약물을 먹으면 메달을 박탈당하고 영구 제명당해. 근데 누군가는 뇌수술로 천재가 되고 재원학교에 가면 불공평하잖아."

"그게 그렇게 간단한 문제가 아니야."

루리가 손으로 얼굴을 감싸며 괴로워했다. 나는 그런 루리를 위로하고 싶었다.

"루리야, 너랑 난 지고는 못 살아. 그걸 넌 숨기고 사는 거고, 난 숨기지 않을 뿐이야."

"아니, 난 너한테 진심이었어. 그래서 아무한테도 말하지 못한 비밀을 말했던 거였고. 하지만 넌 나한테 거짓말만 했어."

어쩌면 나는 경쟁에서 이기기 위해 거짓말을 한 게 아니었는지 모른다. 진짜 나를 숨기기 위해, 진심을 들킬까 봐 거짓말을 했다. 그런데 거짓말을 하면 할수록, 숨기면 숨길수록, 나 자신을 잃어 가는 것 같았다.

"다 거짓말은 아니었어. 특별한 하루였다는 건 내 진심이었어."

루리가 그네에서 일어났다. 삐걱거리는 그네 소리가 조용한 밤 공기를 가르며 울렸다.

"원호야, 너 자신까지 속이지 않았으면 좋겠어."

차가운 공기가 구멍 났던 폐 속으로 파고드는 것 같았다. 니체가 말한 초인은 이런 아픈 감정마저 뛰어넘어야 하는 걸까? 아니면 그냥 받아들이는 게 맞는 걸까?

"루리야, 나도 누구한테 말하기 어려웠지만, 너한테 내 이야기를 했던 건…."

목소리가 떨렸다. 심장도 미친 듯이 빠르게 뛰었다.

"널 좋아해. 네가 날 좋아해 주면 좋겠지만 그건 네 선택이니까 내가 강요할 수 없다는 것도 알아."

내가 지금 뭐 하는 거지? 루리를 진심으로 좋아하는 건지, 아니면 그냥 이기고 싶은 건지. 나도 잘 모르겠다.

"근데 자신을 속이고 있는 건 너도 마찬가지야. 가까운 사람이 상처받고 힘들어하는 건 보려고 하지도 않잖아."

말이 입 밖으로 나오자마자 후회가 밀려들었다. 하지만 이미 늦었다. 루리는 순식간에 돌아서서 아파트 현관으로 뛰어 들어갔다.

나는 눈보라가 휘몰아치는 들판에 혼자 남겨진 것 같았다. 끝도 보이지 않는 허허벌판 한가운데 서서 어디로 가야 할지 방향을 잃었다. 매서운 바람이 내 얼굴을 할퀴었다.

눈가에 뭔가 고인 게 느껴져서 손가락으로 닦았다. 이게 뭐지. 악어의 눈물일까?

차가운 뺨을 타고 흘러내리는 눈물이 따뜻했다. 난 언제부터 울지 않았던 걸까? 어쩌면 내 심장은 처음부터 차가웠던 게 아니었는지도 모른다.

로 운

기억의 신, 므네모시네

나는 아기 때부터 쉽게 잠들지 못하는 까다로운 아이였다. 신체 발달은 물론 언어 발달도 느려서 친구들과 어울리지 못했다. 게다가 지루하면 좀이 쑤셔서 가만히 앉아 있지 못했다. 머릿속으로는 하지 말아야 한다는 걸 알면서도 그랬다.

"이로운, 제발 제자리에 가만히 좀 있어!"

선생님들의 꾸중이 귓가에 맴돈다. 끊임없이 움직이는 나를 꾸짖던 목소리들. 그때는 몰랐다. 내 뇌가 그토록 빠르게 돌아가고 있다는 걸.

아빠는 신경외과 의사로 대학병원에 다니고, 엄마는 정신건강의학과 의사로 개인 병원을 운영했다. 엄마 아빠가 병원으로 출근할 때면 할머니가 나와 루리 언니를 돌봐 줬다.

할머니는 언니 친구들이 어느 학원에 다니고, 어떤 학습지를 푸

★117

는지를 궁금해했지만 내가 어떤 캐릭터 스티커를 좋아하고, 선생님이 내 머리카락을 잡아당겨 '백천' 개나 빠진 것 같다는 말엔 관심이 없었다. 그때까지 나는 '백천'이라는 숫자가 세상에서 가장 큰 수라고 생각했다.

할머니는 항상 엄마에게 아이들을 놀리기만 하지 말고 뇌 발달에 맞는 공부를 시켜야 한다, 자존감이 중요하니까 칭찬을 많이 해야 한다는 말을 입에 달고 살았다. 정작 나에겐 칭찬 한마디 해 주지 않지만. 대신 언니가 다니는 학원에서 선생님들에게 듣는 칭찬을 좋아했다.

"이번에 루리가 영어 에세이 쓰기에서 우리 반 탑이에요. 단어 시험을 봐도 매번 100점이고요."

"루리가 어려운 수학 개념도 잘 이해해서 더 빨리 진도를 나갈 수 있겠어요. 심화 문제도 잘 풀고요."

할머니의 얼굴엔 화색이 돌았고, 발걸음은 세상을 다 얻은 것처럼 의기양양했다.

반면에 나를 데리러 올 때는 학교 정문에서 멀찍이 떨어져 딴 곳을 바라보고 있었다. 담임 선생님이 내 손을 잡아끌더니 할머니에게 떠넘기듯 등을 밀었다.

"오늘 미술 시간에 로운이가 친구 얼굴을 할퀴었어요. 친구가 왜 너는 어지르기만 하고 같이 청소를 안 하냐고 하니까 화가 나서 그랬다더라고요."

"로운이가 수업 시간에 가만히 자리에 앉아 있지를 않아요. 체육 시간에 운동장으로 이동하는데 혼자 빨리 가겠다고 계단을 뛰어 내려가다가 친구를 넘어뜨렸어요. 그러면 안 되는 거라고 몇 번이나 주의를 줘도 듣지 않고 그냥 울기만 하네요."

할머니의 얼굴이 딱딱하게 굳었다.

"어떻게 우리 집안에 이렇게 유별난 아이가 나왔는지…."

유난히 그 말이 가슴 깊이 남아 잊히지 않는다. 천재가 된 지금도 가끔은 그 '유별난 아이'가 되살아나는 것 같다. 감정을 조절하기 어려울 때 특히 그렇다.

엄마가 운영하던 개인 병원을 닫은 건 그즈음이었다. 나는 매일 효과를 알 수 있는 여러 치료센터를 돌아다녔다.

그러다 지난겨울에 뇌수술을 받았다. 정확히 말하자면 전두엽에 신경자극기를 이식하는 수술이었다. 신경학자이자 의과대학 교수인 아빠는 오랜 수술 경험을 바탕으로 전두엽에 이식할 수 있는 초소형 신경자극기를 개발했다. '므네모시네'라고 불리는 신경자극기는 뇌에 미세한 전기자극을 주면서 신경세포들의 연결을 강화한다고 했다.

수술은 임상실험이어서 극비리에 진행됐다. 신경자극기의 위치가 1밀리미터만 벗어나도 다른 반응이 나타날 수 있는 정밀한 수술이었기 때문에 아빠가 직접 집도했다.

수술이 끝나고 눈을 떴을 때 아빠의 얼굴이 제일 먼저 보였다.

평소엔 무섭기만 했던 아빠의 눈빛이 부드러워 보였다.

"아빠, 내 뇌에 넣은 게 뭐라고 했지? 아빠가 몇 번을 말해 줬는데 내가 머리가 나빠서 또 까먹었어."

"괜찮아. 지금은 기억하지 못하지만 이제 곧 모든 걸 기억하게 될 테니까. 이제 넌 특별한 사람이 되는 거야."

"난 특별한 사람이 되는 거 싫어! 할머니가 어떻게 우리 집안에 나 같은 애가 태어났는지 모르겠다고 했어. 나보고 유별나다고 했단 말이야."

아빠가 수술한 부위를 조심스럽게 어루만졌다.

"로운아, 이제부터 넌 누구에게도 그런 말을 듣지 않게 될 거야. 아빠가 그렇게 만들 거니까."

지금까지 아빠는 내 말을 들어준 적이 없었다. 내가 아픈 것도 별로 신경 쓰지 않았다. 뇌수술을 받는 게 너무 무서웠는데, 이젠 잘했다는 생각마저 들었다.

"신경자극기의 이름은 므네모시네야. 그리스·로마 신화에 나오는 '기억의 신' 이름에서 따왔지. 우린 신의 영역에 도전한 거야."

'므네모시네' 이름도 어렵고 뜻도 잘 모르겠지만 왠지 내가 특별해진 느낌이었다.

"로운아, 만약 장애를 가지고 태어났다고 해서 그 모습 그대로만 살아야 할까? 다른 사람과 다르다는 이유로 차별받지 않고 살

방법이 있는데도 말이야."

　그때 난 '신의 영역'이니 '차별'이라는 단어의 의미를 이해하지 못했다. 하루가 다르게 기억력이 향상되어 단어의 의미를 정확히 인지했다 해도, 여전히 대답하기 어려운 질문이었다.

세 가지 약속

병원에서 퇴원하고 한 달이 지났다.

아침에 일어나면 제일 먼저 거울을 봤다. 뭔가 달라진 게 있는지 확인하기 위해서였다. 하지만 거울 속의 나는 항상 똑같은 모습이었다.

아빠는 아침마다 내 체온을 재고 혈압, 심장 박동수를 꼼꼼히 확인했다. 심지어 내가 얼마나 잘 자는지까지 기록했다. 하지만 난 눈에 띄는 변화를 느끼지 못했다. 뇌수술만 받으면 특별한 사람이 된다고 했는데… 날이 갈수록 헛된 꿈처럼 느껴졌다.

그날도 아빠가 내 혈압을 재고 있을 때였다. 말로는 표현할 수 없는 무언가가 울컥 가슴속에서 치밀어올랐다. 나는 감정을 주체하지 못하고 울음을 터뜨렸다.

"내가 이럴 줄 알았어. 나는 안 돼. 어차피 안 된다고!"

내가 흐느끼며 울자, 아빠는 깊은 한숨을 내쉬었다. 그 모습을 보니까 가슴이 아팠다. 또 아빠를 실망시켰다.

"로운아, 시간이 좀 걸릴 거야. 처음부터 잘하려고 하지 말고, 네가 할 수 있는 작은 일부터 시작해 봐."

울음을 참으려고 했는데 오히려 딸꾹질이 났다. 나는 끅끅거리며 간신히 물었다.

"내가 할 수 있는… 작은 일?"

"아주 작은 거라도 괜찮아. 쉬운 책 한 권을 끝까지 다 읽는다든가. 그렇게 자꾸 성공 경험을 쌓아 가면 나중엔 네가 얼마나 많은 걸 해낼 수 있는 사람인지 알게 될 테니까."

딸꾹질이 멈췄다. 많은 걸 해낼 수 있는 사람이라니…. 아빠에게 이런 말을 듣는 건 처음이었다.

아빠가 방을 나가고 나서, 거울 앞에 섰다. 얼마나 울었는지 얼굴은 새빨갛고 눈이 퉁퉁 부어 있었다. 내가 무언가를 해내는 모습을 상상해 봤다. 언니처럼 선생님들에게 칭찬받고 친구들이 부러워하는 모습을 생각하니 기분이 좋아졌다. 내가 만지기만 하면 망가진다고 나를 무시하던 아이들, 정신을 어디다 팔고 다니느냐며 나를 꾸짖던 선생님들이 놀랄 모습을 생각하니 입꼬리가 저절로 올라갔다.

언니 방에서 책을 몇 권 가져왔다. 먼저 마이클 샌델의《공정하다는 착각》은 몇 페이지 넘기다가 머리가 아파서 덮어 버렸다. 그런데 로알드 달의 《마틸다》는 완전히 푹 빠져서 읽었다.

마틸다는 세 살에 신문을 읽을 정도로 천재 소녀다. 그런데 부모님은 마틸다가 책이나 읽는다고 멍청하다며 무시했다. 오직 하니 선생님만이 마틸다를 이해해 준다.

책을 덮은 순간, 깜짝 놀랐다. 내가 읽은 내용을 문장 그대로 기억하고 있었다. 더 놀라운 건 세상에는 어른보다 똑똑한 아이가 있다는 사실이었다.

그동안 내가 알던 세상이 와르르 무너진 것만 같았다. 어른들도 틀릴 수 있다니…. 이런 걸 깨달은 내가 마틸다처럼 천재가 된 것 같았다. 가슴이 벅차올라 참을 수가 없었다. 당장이라도 밖으로 나가 모든 사람들에게 내가 알게 된 걸 자랑하고 싶었다.

나는 현관문 앞에서 걸음을 멈췄다.

방금 전까지 부글부글 끓어오르던 내 머릿속이 순식간에 식었다. 책을 읽었다고 해서 갑자기 책 이야기를 줄줄 늘어놓거나, 천재라고 해서 초능력이 생기는 게 아니라는 걸 깨달았다.

조용히 내 방으로 돌아와 《마틸다》 책을 품에 꼭 안았다. 마틸다처럼 내가 꽤 괜찮은 사람이 된 것 같아 가슴이 뿌듯했다. 이런 기분을 더 자주 느끼고 싶었다.

언니의 책장에 있는 책을 모두 읽는 데는 오래 걸리지 않았다. 마이클 샌델의 책을 읽으면서 '정의'에 관해 고민했고, 우리가 얼마나 '공정'하지 않은 경쟁을 하고 있는지를 생각했다.

순간 누군가 내 머릿속에 있던 퍼즐 조각을 한 번에 맞춰 넣은 것처럼 모든 게 선명해졌다. 그동안 늘 준비물을 잃어버리고, 한자리에 잠시도 가만히 있지 못하고 손톱을 물어뜯거나 발가락을 꼼지락거리고, 남의 말은 듣지 않은 채 내 이야기만 주절주절 늘어놓고. 이 모든 게 내 뇌가 조금 특별하게 작동해서였다.

이런 걸 알았다고 해서 감정이 바로 정리되는 건 아니었다. 오히려 짜증과 분노가 더 밀려들었다. 나 자신한테, 약을 먹고 치료받으면 괜찮아질 거라고 말했던 엄마한테, 만날 꾸짖었던 선생님한테, 나를 유별난 아이라고 했던 모든 사람한테 화가 났다. 만약 므네모시네 수술을 받지 않았더라면 난 계속 내가 왜 다른 아이들과 다른지 모른 채 살았을 것이다. 그저 괜찮아 보이려고 안간힘을 쓰면서.

눈물이 차올랐지만 꾹 참았다. 왠지 그래야 할 것 같았다.

나는 아빠의 눈을 똑바로 바라보며 차갑게 말했다.

"아빠, 왜 아무도 나한테 이런 걸 말해 주지 않았어?"

그러자 아빠의 얼굴에 환한 미소가 번졌다. 눈가에는 그렁그렁 눈물이 고였다.

"로운아, 이로운! 수술이 성공했어! 우리가 해냈어!"

아빠는 감정을 주체하지 못하고 목소리를 높였다.

"이건 시작일 뿐이야. 이제부터가 진짜 중요해. 이제 네 뇌는 다르게 작동할 거야. 네가 느끼는 감정들, 생각하는 방식, 세상을 바라보는 눈이 조금씩 달라질 거야. 때로는 혼란스러울 수 있어. 괜찮아. 아빠가 있으니까."

그렇게 되면 나는 더 이상 내가 아닌 걸까?

"근데 매일 이 세 가지는 꼭 지켜 줘."

아빠의 눈빛이 진지해서 나도 모르게 긴장됐다.

"첫째, 학습과 휴식의 균형을 잘 유지해. 네 뇌는 이제 엄청난 속도로 정보를 처리할 거야. 그만큼 에너지도 많이 필요하지. 너무 공부만 하면 오히려 역효과가 날 수 있어."

내 뇌가 그렇게 대단해진다니, 신기하면서도 무서웠다.

"둘째, 불필요한 정보나 자극은 최대한 피하고 중요한 것에만 집중하는 습관을 들여야 해. 이제 넌 모든 걸 더 선명하게 기억할 거야. 그만큼 쓸모 없는 정보도 쉽게 들어올 수 있으니 조심하고."

"그럼 유튜브도 안 돼?"

"금지하는 건 아니고. 시간을 정해 두고 효율적으로 사용해야 해."

조금 안심이 됐지만 여전히 불안했다. 내 생활이 많이 바뀔 거라는 예감이 들었다.

"셋째, 매일 플래너에 일과를 기록하고 공부한 내용을 정리하도록 해. 네 머릿속이 복잡해질 때마다 이걸 보면서 생각을 정리할 수 있을 거야."

나는 신이 나서 말했다.

"나도 이제 언니처럼 공부 브이로그 찍을래."

아빠의 표정이 심각해졌다. 내가 또 뭘 잘못 말한 것 같았다.

"로운아, 네가 뇌수술을 받은 건 아무한테도 말하면 안 돼. 엄마, 아빠와 너만 아는 비밀이야. 아직 이 수술의 장기적 효과를 알지 못하는 데다 사회적으로도 논란이 될 거야. 그렇게 되면 우리 가족 모두가 곤란해지니까."

아빠와 약속한 휴식과 수면을 지키는 건 생각보다 쉬웠다. 내 뇌가 쉽게 피로해진다는 걸 금방 느낄 수 있었다. 하지만 매일 일과를 기록하고 공부 내용을 정리하는 건 쉽지 않았다. 하루 계획을 시간 순서대로 짜는 것도 귀찮았다. 물론 계획대로 실천하는 데는 더 많은 인내와 노력이 필요했다. 가끔은 그냥 아무 생각 없이 놀고 싶을 때도 있었다. 하지만 아빠는 내 뇌가 특별하니까 조심해서 다뤄야 한다고 했다.

사실 나에게 일어난 변화를 누군가와 이야기하고 싶었다. 특히 루리 언니랑. 언니라면 날 이해해 줄 텐데. 하지만 아빠와 한 약속을 지켜야 한다. 언니에게도 그냥 갑자기 천재가 된 척해야 한다.

감정과 지능

독일의 심리학자인 에빙하우스의 망각 곡선에 따르면 보통 사람들은 하루 만에 학습한 내용의 약 65퍼센트를 잊어버린다. 하지만 나는 하루가 지나도 학습한 내용의 95퍼센트를 기억하고 한 달 후에도 90퍼센트를 유지했다.

므네모시네는 내 학습 방식마저 완전히 바꿔놓았다. 교과서를 두 번만 정독하면 본문 아래 주석까지 다 외웠다. 지식이 늘어나자 사고도 확장됐다. 방대한 정보들이 서로 연결되면서 새로운 아이디어가 끊임없이 떠올랐다. 심지어 세계적인 수학자들도 해결하기 어려워하는 문제를 내가 고안해 낸 수학 기호들로 풀어냈다.

내 능력이 알려지자, 해외 명문대학교 두 곳에서 동시 입학이라는 제안을 받았다. 믿기지 않았다. 나한테 이런 기회가 올 줄이야!

저녁 식사 후, 아빠가 나를 서재로 불렀다.

"로운아, 천재성이란 게 축복일 수 있지만 동시에 큰 부담이 되기도 해. 아빠가 대학교에서 봤던 영재들 중에는 너무 큰 기대 때문에 오히려 재능을 제대로 못 펼치는 경우도 많았거든."

천재들의 비극적인 이야기라면 나도 이미 많이 알고 있었다. 근데 그게 나와 무슨 상관이지? 나는 그들과 달랐다. 그들은 태어날 때부터 천재였다. 하지만 나는 므네모시네 덕분에 천재가 됐다. 다시 말해 난 이 능력을 조절할 수 있다.

"특히 네 나이는 뇌가 급격히 발달하는 시기라 좋은 자극을 빨리 흡수하지만, 나쁜 영향도 쉽게 받을 수 있어. 게다가 네 뇌 상태를 정기적으로 계속 면밀하게 관찰해야 하잖아."

아빠가 무슨 말을 하고 싶어하는지 바로 알아챘다. 아빠는 내가 해외 대학교로 가는 걸 원하지 않았다.

"우리 너무 무리하지 말고 천천히 가자."

나는 다른 아이들이 이차방정식 문제를 풀 때, 머릿속으로 리만 가설의 증명 과정을 시뮬레이션한다. 다른 아이들이 과학 시간에 주기율표를 외울 때, 초끈 이론의 가능성에 대해 고민한다. 므네모시네는 쉬지 않고 작동했고 내 뇌는 끊임없이 새로운 정보를 흡수했다.

"학교 수업이 너무 지루하고 재미없어. 그냥 대학 교재 원서를 읽는 게 더 나을 것 같아."

아빠는 책상에 앉은 채 턱을 괴고 잠시 생각에 잠겼다.

"그럼 재원학교는 어떨까? 그곳이라면 네 능력을 발휘할 수 있을 것 같은데."

아빠는 아무것도 모르고 있었다. 루리 언니가 재원학교 입시를 위해 얼마나 오랫동안 준비하고 있는지.

"생각해 볼게."

아빠가 내 표정을 살피더니 물었다.

"왜? 뭐 걱정되는 게 있니?"

"루리 언니는 재원학교에 가고 싶어서 3년 동안 준비했어. 근데 내가 그냥 쉽게 들어가 버리면… 언니한테 미안할 것 같아서."

공부 브이로그를 하며 늦은 밤까지 공부하는 언니의 모습이 떠올랐다. 성적이 떨어졌다며 울던 언니의 떨리던 어깨가 생각했다. 언제부터인가 눈이 마주칠 때마다 슬쩍 고개를 돌리던 언니의 표정이 생각나 마음이 무거웠다.

"로운아, 네 인생과 언니의 인생은 별개야. 언니 때문에 네가 가진 재능을 숨기거나 억누를 필요는 없어."

아빠에게는 천재가 된 딸과 그렇지 못한 딸이 있을 뿐이었다. 언니와 나 사이의 감정은 전혀 이해하지 못했다. 한편 아빠 말대로 내 능력을 마음껏 펼치고 싶었다. 언니와 더 멀어질 게 두려웠지만….

"재원학교에 지원할게."

그 순간 내 안에서 뭔가가 부서지는 소리가 들리는 것 같았다.

나는 애써 그 감정을 억눌렀다.

언니가 재원학교 1차에서 떨어졌다는 소식을 들었을 때, 므네모시네는 고통을 즐기기라도 하듯 과거의 기억들을 쏟아 냈다.

언니는 나에게 세상에 단 하나뿐인 친구였다. 부모님이 다툴 때 내 귀를 감싸 주고, 어디를 가든 나를 지켜봐 주며 손을 꼭 잡아 줬다. 친구 하나 없던 내 생일마다 갖고 싶었던 선물을 사 주고 함께 놀아 줬던 기억은 생생하다. 특히 나는 언니와 보드게임을 하며 보내는 시간을 좋아했다. 깔깔깔 웃던 언니의 웃음소리, 주사위가 굴러가는 소리가 지금도 귓가에 맴돌았다.

하지만 수술 이후 많은 게 변했다. 언니와 노는 시간이 점점 지루해지기 시작했다. 내가 새로 알게 된 지식과 향상된 사고력은 게임에선 이기기 쉬웠지만, 언니랑 경쟁하는 게 재미없고 시시하게 느껴졌다. 게다가 언니의 기억과 내 기억이 자주 달랐다. 언니는 가끔 과거를 과장해서 기억하거나 감정에 휩싸여 사실을 왜곡했다. 그때마다 나는 그 오류를 지적하고 싶어졌다. 마치 수학 문제의 오답을 찾아내듯. 하지만 그럴 때마다 언니의 표정은 어두워졌다.

최원호 선배에 대해 경고했을 때도 언니는 들으려 하지 않았다. 선배는 내가 생각했던 것보다 복잡한 사람이었다. 축구를 할 때 보이는 예리한 판단력과 친구들 사이에서 보여 주는 리더십은 놀라웠다. 하지만 자신의 목표를 위해서라면 다른 사람의 감정을 무시하는 경향도 있었다. 나는 언니가 상처받을까 걱정이 돼서 말했을 뿐인데, 언니는 내 말을 들으려 하지 않았다.

"네 말대로 난 신경전달물질인지 뭔지 하는 거에 놀아나고 있을지도 몰라. 근데 그게 어때서? 그런 감정들이 우리를 인간답게 만드는 거 아냐? 기계가 아니고 말이야!"

언니의 말이 날카로운 화살이 되어 내 가슴을 관통했다. 내 뇌는 아픔을 느낄 새도 없이 '인간다움'에 대한 지식을 한꺼번에 쏟아 냈다. 철학자들의 정의, 심리학적 해석, 생물학적 설명까지.

하지만 나는 그런 게 궁금한 게 아니었다. 지금 언니가 느끼는 감정이 알고 싶었을 뿐인데. 그래서 물어보려 했지만, 언니는 손을 들어 나를 막아섰다.

"그만 해! 넌 이제 머리 아픈 거 다 나은 것 같은데 여기서 좀 나가 줄래?"

언니가 왜 이렇게 화를 내는지 이해할 수 없었다. 나는 그저 사실을 말한 것뿐인데, 언니가 지금 이성적으로 생각하지 못하고 있는 거야.

동시에 내 마음 한구석에서는 다른 목소리가 들렸다. 만약 내가 틀렸다면? 내가 뭔가를 놓치고 있는 거라면?

날카로운 무언가가 가슴을 찌르는 것 같았다. 무엇보다 가슴 아픈 건 언니가 나를 미워한다는 사실이었다. 내가 가장 좋아했던 언니조차 날 이해해 주지 않는다면, 누가 날 좋아해 줄까?

사춘기와 갱년기

엄마는 재원학교에 떨어지고 온종일 침대에만 누워 있는 언니를 억지로 식탁 앞에 앉혔다. 얼마나 정성 들여 준비했는지 언니의 생일상 같다. 나는 먼저 뭐부터 먹을까 고민하며 음식을 차례로 살펴봤다. 므네모시네가 즉시 작동하며 미역국의 아이오딘 함량, 잡채의 탄수화물 구성, 불고기의 단백질 분해 과정이 내 머릿속을 가득 채웠다.

그중에서 내 눈길을 사로잡은 건 스팸 계란말이였다. 평소 무항생제 고기에 유기농 채소만을 고집하던 엄마가 웬일이지? 스팸이라니! 나는 심하게 눈을 반짝거리며 계란말이에서 눈을 떼지 못했다.

이런 나와 달리 힘없이 식탁 앞에 앉은 언니 모습은 딱 실연당한 사람의 모습이다. 며칠 전 놀이터에서 최원호와 무슨 일이 있긴

한 모양이다.

순간 놀이터의 가로등 불빛이 생생하게 떠올랐다. 므네모시네는 가로등의 색온도부터 언니 얼굴에 드리운 그림자, 잔뜩 찌푸린 눈썹 하나하나를 완벽하게 재현해 냈다.

"이로운, 내가 말했지? 내 일은 내가 알아서 한다고!"

이 모든 게 고해상도 영화를 보는 것처럼 또렷했다. 아니, 영화보다 더 선명했다. 모든 감각, 모든 감정이 그대로 되살아났다. 적어도 영화는 끝이 있지만, 이 기억은 끝없이 반복되며 나를 괴롭혔다. 언니는 왜 최원호에게 내 뇌수술 이야기를 했을까? 계속 이 질문이 머리를 어지럽혔다. '배신'이란 단어가 가슴을 찌르는 것 같았다.

지금 식탁에 앉아 있는 언니와 그날 밤 기억 속 언니가 겹쳐 보였다. 나는 언니를 위로하고 싶으면서도, 그날 받은 상처 때문에 주저했다.

엄마는 언니가 좋아하는 계란말이를 밥그릇 앞으로 바짝 가져다 놓았다. 계란말이를 집으려던 내 젓가락은 잠시 방향을 잃었다가 불고기를 집었다.

엄마가 언니 밥그릇 위에 스팸 계란말이를 올려놓았다.

"루리야, 요즘 많이 힘들지?"

언니는 대답이 없었다. 엄마가 계속 말했다.

"인생에는 꼭 한 가지 정답만 있는 건 아니야. 재원학교에 가지 않아도 다른 길이 분명 열릴 거야. 푹 쉬면서 이 시기를 잘 지나가 보자."

언니가 탁, 젓가락을 식탁에 내려놓았다.

"엄마, 그만 좀 해!"

"네가 며칠째 밥도 안 먹고 방에만 틀어박혀 있으니까. 엄마가 걱정돼서 그렇지."

엄마는 언니의 눈치를 살피더니 조심스럽게 말을 이었다.

"힘든 게 있으면 언제든 엄마에게 말해. 엄마가 도와줄 테니까. 응?"

엄마의 말이 언니에게 어떤 영향을 미칠지 예측해 봤다. 통계적으로 이런 상황에서 부모의 위로는 오히려 역효과를 낼 확률이 높다는 연구 결과가 떠올랐다. 그리고 내 예상대로….

"제발, 나 좀 내버려 둬! 밥은 내가 알아서 먹을 테니까!"

언니가 벌떡 자리에서 일어나더니 갑자기 울음을 터뜨렸다. 난 언니를 빤히 올려다봤다. 지금 언니의 행동은 단순한 반항이 아니다. 사춘기에는 뇌가 화학적, 구조적으로 크게 변한다. 사랑에 빠진 것도, 실연으로 괴로운 감정을 엉뚱하게 엄마에게 쏟아 내는 것도 다 뇌의 변화와 관련이 있다.

언니와 눈이 마주쳤다. 언니는 바로 고개를 돌리더니 자기 방으로 들어가 버렸다.

쾅, 닫는 문소리에 놀라 나는 몸을 움찔했다. 엄마가 문고리를 비틀며 소리쳤다.

"이루리, 힘든 건 이해하는데, 엄마는 이런 행동 받아들일 수 없어. 이리 좀 나와 봐. 엄마랑 얘기 좀 해 보자."

최근 엄마의 변화는 어떻게 설명해야 할까? 요즘 부쩍 화를 잘 내고 한겨울인데도 덥다며 베란다 창문을 자주 열었다. 하긴 올해 쉰 살이라는 나이를 감안할 때… 갱년기?

엄마가 양손으로 이마를 감싼 채 언니 방문 앞에서 왔다 갔다 하며 생각에 잠겼다. 정신건강의학 전문가이면서 동시에 엄마라는 두 가지 마음이 갈등하는 것 같았다. '혹시 쟤가 나를 무시하는 걸까? 아니야. 이렇게 화내면 관계만 더 나빠질 거야.' 엄마의 머릿속엔 오만 가지 생각들로 가득할 것이다. 연구에 따르면 실제로 사람은 하루에 평균 오만 가지 생각을 한다.

엄마는 더운 듯 손부채질을 하며 식탁 의자에 털썩 앉았다.

나는 냉장고에서 케첩을 꺼내 계란말이 위에 뿌렸다. 음, 역시 스팸과 달걀, 케첩의 조합은 진리다! 뇌는 즉시 이 음식 조합의 영양학적 분석을 쏟아 냈지만, 나는 그냥 맛있게 먹는 데만 집중했다.

엄마가 그런 나를 바라보며 미간을 찌푸렸다.

"로운아, 넌 언니가 걱정 안 되니?"

순간 멈칫했다. 엄마의 표정을 보니 내가 뭔가 중요한 걸 놓치고 있는 것 같았다. 혹시 상황이 내 생각보다 심각한 걸까?

"내가 걱정한다고 뭐가 달라지겠어. 언니가 밖에서 큰 문제를 일으키지 않는 것만도 다행인 것 같은데."

엄마는 내 대답이 마음에 들지 않는 듯 긴 한숨을 내쉬었다.

"그래, 네 말대로 언니가 밖에서 문제를 일으키지 않는 것만으로도 다행이긴 하지. 근데 언니의 마음을 이해하고 곁에서 지지해 주는 것도 중요해. 그게 언니가 이 상황을 더 잘 극복하고 마음의 안정을 찾는 데 도움이 될 수 있어."

뇌수술을 받기 전까지는 우리 집의 모든 문제와 사고의 원인은 나였다. 난 항상 실수하고 집안 분위기를 망치는 사람이었다. 지금 보니 언니와 엄마도 완벽하지 않다. 이렇게 감정적이고 실수투성이면서 그동안 뭐든 다 아는 것처럼 굴었다니. 믿을 수가 없다.

"엄마, 얼마 전에 청소년 심리학 저널에서 읽었는데, 청소년들이 스스로 감정을 이해하고 받아들이는 게 중요하대. 언니를 이해하고 지지해 주는 것도 좋지만, 언니가 직접 자기감정을 다루는 법을 배우는 게 장기적으로 더 도움이 되지 않을까?"

엄마는 더 더워진 듯 빠르게 손부채질하더니 안방으로 들어가 버렸다.

입맛을 잃었다. 남은 밥을 미역국에 말아 후루룩 마셔 버렸다. 음식을 꼭꼭 씹어 먹어야 얼굴 근육이 움직이면서 뇌에서 행복 호르몬인…. 행복 호르몬….

"그 호르몬 이름이 뭐였더라?"

머릿속이 뿌옇게 흐려졌다. 평소라면 쉽게 떠오르던 단어들이 기억나지 않았다. 이상하다. 분명 아까까지만 해도…

갑자기 머리가 아팠다. 두통은 점점 더 심해졌고 심장이 빠르게 뛰었다. 이마에 식은땀이 났다.

벽을 짚으며 간신히 방으로 들어갔다.

방 안 거울에 비친 내 모습은 열네 살, 천재가 아니었다. 창백한 얼굴로 덜덜 떨고 있는, 그저 상처 입은 어린아이였다.

떨리는 손으로 일회용 밴드의 포장지를 뜯었다. 과학 실험을 할 때처럼 정확하고 신중하게 움직이려 하지만, 손이 계속 떨렸다.

접착 면에 붙어 있는 비닐을 벗기는 소리가 방 안에 크게 울렸다.

한 손에는 일회용 밴드를 들고, 다른 손으로는 티셔츠를 올렸다.

거울에 비친 내 모습에 놀라 작은 비명을 질렀다. 왼쪽 가슴 위로 오톨도톨한 작은 물집들이 군집을 이루고 있었다.

나는 새 밴드를 그 위에 붙였다. 살짝 건드리기만 해도 찌릿한 통증이 전해졌다. 순간 신경 전달 과정이 머릿속을 스쳐 지나갔다. 이런 지식들이 오히려 내 고통을 더 선명하게 만든다니, 참 아이러 니하다. 내가 대체 왜 이러는 걸까. 내 몸이, 내 뇌가 나에게 무언 가를 말하려는 것 같지만, 그게 뭔지 모르겠다.

어렸을 때 나는 조금만 상처가 나도 일회용 밴드를 붙였다. 엄 마는 상처에 밴드를 붙여 주며 이렇게 말하곤 했다.

"우리 로운이 이제 다 나았네."

그러면 신기하게도 하나도 안 아팠다. 작은 밴드 하나로 모든 고통이 사라지는 듯했다.

그때처럼 모든 게 그저 쉬웠으면 좋겠다.

며칠 전부터 밴드를 붙이면 마음이 좀 편해지긴 했다. 하지만 머릿속 므네모시네는 이런 행동이 무의미하다고 자꾸 따졌다.

한편 불안했다. 이렇게 슬프고 두려운 감정마저 지워 버리면, 나는 정말 기계가 되어 버리는 걸까?

아빠한테 이런 변화를 말하지 않았다. 뇌신경 자극 강도를 더 높이고 싶지 않다. 므네모시네가 나에게 준 능력이 축복인지 저주인지, 이제는 모르겠다.

재원학교 합격

재원학교 입시 최종 결과가 발표됐다.

우리 집에서 내 합격을 진심으로 기뻐하는 사람은 할머니뿐이다. 할머니는 현관문을 열고 들어오자마자 내 손을 잡았다.

"아이고, 네가 어려서 그렇게 이 할머니 마음고생을 시키더니. 네 엄마가 어렵게 병원 개업을 했는데 그걸 다 그만두고 널 돌본다고 했을 때 할머니가 엄청 말렸다. 역시 네 엄마가 다 뜻이 있었구나. 로운아, 엄마가 널 위해 얼마나 노력하고 희생했는지 절대 잊으면 안 된다. 알지?"

"물론 잊지 않아요. 제가 어떻게 잊겠어요."

나는 할머니에게 손이 잡힌 채 엄마를 돌아봤다.

엄마가 내 시선을 피하며 말했다.

"언제까지 현관에 계실 거예요?"

할머니는 엄마 말에 대꾸는 하지 않고 나를 품에 꼭 껴안았다.

"장하다, 장해. 우리 로운이가 이렇게 똑똑하고 딱 부러지게 클 줄 이 할머니는 벌써 알았지. 그 유치원 원장이 병원에 가 봐야 한다고 했을 때 내가 아주 혼을 내줬다. 우리 로운이 부모님이 얼마나 대단한 사람들인데 우리 애가 그럴 리가 없다고. 멀쩡하게 말귀도 잘 알아듣고 도서관에 데려가면 한자리에 앉아 책을 열 번을 넘게 읽는데 뭐가 문제냐고 내가 야단을 쳤어."

할머니의 기억 속 나는 한자리에 앉아 같은 책을 읽고 또 읽는 아이였다. 그러니까 산만하지 않다는 거였다. 하지만 나는 그림책을 두 페이지 정도 읽고 나면 앞에 무엇을 읽었는지 기억하지 못했다.

"그렇게 똑똑한 애를 장애라고 하길래 내가 다신 그 유치원 안 보낸다고 큰소리쳤어. 그제야 원장이 미안하다고 고개를 숙이더라. 그때 생긴 화병이 아직도…."

"엄마, 그 이야기는 인제 그만 해요! 언제까지 현관에 있을 거예요."

엄마의 신경질적인 말투에 할머니가 입술을 삐죽 내밀었다.

"네 엄마가 요즘 왜 저런다니…."

할머니는 거실 소파에 앉아서 계속 내가 어렸을 때 이야기를 늘어놓았다. 나는 보도블록 사이에 핀 꽃 한 송이, 길바닥에 굴러다니는 낙엽 하나도 그냥 지나치지 못하는 아이였다고 했다.

"루리는 학원에 늦었다고 빨리 가야 한다며 내 손을 잡아끌지. 넌 엉뚱한 질문을 해 대느라 정신이 없지. 할머니, 꽃들에게 발이 있으면 좋겠어요. 누가 물을 줄 때까지 기다리지 않아도 되고 벌과 나비에게 먼저 친구 하자고 걸어갈 수 있으니까요."

할머니의 말에 그때가 떠올랐다. 꽃의 색깔, 낙엽의 질감, 공기 냄새까지. 하지만 이제 그 기억들은 마치 다른 사람의 이야기처럼 느껴졌다.

"상상력은 또 어찌나 뛰어났는지 말도 마라. 자동차는 왜 바퀴가 네 개밖에 안 돼요? 백천 개면 얼마나 빨리 달릴 수 있을까요? 물에서도 가라앉지 않을 거예요."

할머니가 아직도 이런 걸 기억하는 줄 몰랐다. 할머니는 그런 나를 유난스럽다고 했는데….

사실 재원학교 입학시험은 나에겐 너무 쉬워 합격했다고 해서 기쁨이나 성취감을 느낄 수 없었다. 그런데 할머니가 들려주는 이야기 속에서 나는 단순히 인지치료가 필요하고, 약을 먹어야만 하는 아이가 아니었다. 세상에 대한 호기심이 충만했고 작은 것들에도 마음을 쏟을 줄 아는 아이였다.

할머니의 이야기를 듣는 동안 내 안에서 뭐라고 표현할 수 없는 감정이 일었지만 오래가진 않았다. 므네모시네가 내 감정마저도 조절하기 때문이다.

엄마가 나를 빤히 쳐다봤다. 왜 자꾸 그런 눈으로 쳐다보냐고,

난 실험견이 아니라는 말이 입 안에서 맴돌았다. 불편한 감정을 달래기 위해 오른손으로 왼쪽 가슴을 꾹 눌렀다. 티셔츠 아래 밴드가 만져지자, 감정을 조절하는 버튼이라도 누른 것처럼 호흡이 제 박자를 찾아갔다.

엄마의 얼굴이 새하얗게 변하더니 내 손을 잡아챘다. 그러더니 와락 티셔츠 자락을 잡았다.

"엄마, 왜 이래!"

나는 자리에서 벌떡 일어나며 엄마 손을 뿌리쳤다. 엄마는 아랑곳하지 않고 내 손을 잡아끌더니 억지로 옷자락을 잡아 올렸다.

온통 빨갛게 물집이 잡힌 피부 위로 일회용 밴드가 도드라져 보였다.

"아니, 로운아. 이 상처가 뭐냐? 너한테서 살이 썩는 냄새가 나네."

할머니가 놀라 물집이 잡힌 내 피부를 눌렀다.

"아가, 안 아프냐? 다쳤으면 병원에 갔어야지, 밴드를 붙인다고 이게 나아? 아이고, 얼마나 붙여 댔는지 이 여린 살이 다 짓무른 것 좀 봐라."

"할머니, 저 하나도 안 아파요."

엄마가 화난 목소리를 누르며 말했다.

"이로운, 너 언제부터 가슴에다 밴드 붙였어! 사실대로 말 못해?"

할머니는 어리둥절해하며 나와 엄마를 번갈아 바라봤다.

"로운아, 누가 너한테 이런 상처를 냈어. 응? 어떤 연놈인지 이 할머니가 혼을 내 줄 테니까!"

"자기가 그런 거예요."

엄마가 부엌으로 가 생수를 벌컥벌컥 들이켰다. 할머니는 답답해 죽겠다며 엄마를 향해 목소리를 높였다.

"아니, 로운이가 왜 제 가슴에다가 밴드를 붙여?"

"가슴이 아프니까요."

엄마는 식탁 의자에 앉아 손가락으로 관자놀이 부위를 눌렀다.

"수술 받기 전에도 그랬어요. 가슴이 너무 아픈데 어떻게 해야 할지 몰라 밴드를 붙였다고요. 그러면 하나도 안 아팠대요. 그래서 수술했던 거예요."

"나는 네가 무슨 말을 하는지 모르겠다. 로운이가 가슴이 아픈데 왜 밴드를 붙이고 수술을 했다는 건지 나는 하나도 모르겠어."

이미 할머니는 알고 있었다. 수술 이후 내 눈빛이 완전히 달라졌다는 걸. 아니, 모두가 알고 있었다. 그 수술이 뭔가 대단한 것이었다는 걸.

언제 방에서 나왔는지 언니가 멀뚱히 나를 쳐다보고 있다. 언니에겐 난 괴물일 뿐이었다. 뇌수술을 받고 천재가 된 괴물.

"아이고, 내 새끼. 난 그것도 모르고 똑똑해졌다고 좋아만 했으니, 이 어린 게 혼자 얼마나 외롭고 아팠을까. 할머니가 미안하다.

우리 로운이 마음을 몰라줘서 정말 미안해."

나는 자기 가슴을 치며 바닥에 앉아 우는 할머니 곁으로 다가갔다. 할머니 등을 꼭 껴안고는 가만히 토닥였다.

"할머니, 전 괜찮아요. 진짜예요."

근데 나는 진짜 괜찮은 걸까?

말할 수 없는 비밀

가슴에 밴드를 붙인 걸 알자마자 아빠가 바로 병원으로 오라고
했다. 신경자극기가 제대로 위치하지 않았거나, 전원이 꺼졌을 수
도 있다며 정확한 진단을 위해 뇌 CT 촬영을 해야 한다고 했다.

예약된 영상의학과에서 CT를 찍고, 아빠 연구실이 있는 5층으
로 올라갔다. 아빠가 아직 외래에서 돌아오지 않았는지 연구실은
비어 있었다. 작은 창문을 제외하고 책장으로 가득 찬 벽, 나란히
놓인 컴퓨터 두 대, 3인용 소파가 있는 이 연구실에서 아빠는 밤낮
으로 므네모시네 신경자극기 연구에 몰두했다.

나는 회전의자에 앉아 책장에서 책들을 한 권씩 꺼내 읽었다.
뇌에 관한 책들을 많이 봐서인지 전문적인 의학 용어들이 낯설지
않았다. 그러다 검은색 연구 일지가 눈에 들어왔다. 'MNEMO-
SYNE'이라고 적힌 표지에는 낯익은 이름들이 적혀 있었다.

책임연구자: 신경외과 전문의 이도영

공동연구자: 정신건강의학과 전문의 윤혜정

심장이 멎는 것 같았다. 므네모시네 연구의 피실험자는 나였고, 실험을 진행한 사람은 아빠와 엄마였다.

연구일지에는 므네모시네 뇌수술을 받은 이후 내 모든 변화가 상세히 기록돼 있었다. 특히 내 인지 기능은 수술 직후 급격히 향상됐고, 이후 점진적으로 발전했다. 그러나 감정적인 변화는 좀 복잡했다. 므네모시네는 내 감정을 조절했다. 너무 기쁘거나 슬프지 않게, 항상 적당한 상태로. 엄마는 이런 증상을 '감정 조절 장애'라고 기록했다.

므네모시네 뇌수술에 엄마까지 가담한 건 충격이었다. 내가 편안하게 쉴 수 있는 공간이라고 여겼던 집마저 실험실이었다니…. 엄마가 자꾸 나를 쳐다봤던 건 내가 안쓰러웠던 게 아니라 연구 관찰이 목적이었다. 내가 알고 있던 것, 믿었던 것이 다 거짓이었다. 나는 그저 실험 대상일 뿐이었다.

왜? 어떻게 나한테 이럴 수 있지? 분노와 슬픔이 한꺼번에 밀려들었다. 감정을 억누르려고 했지만 통제할 수 없었다. 내 심장을 누군가 칼로 찌르는 것 같았다. 나는 얼른 손으로 왼쪽 가슴을 눌렀다. 일회용 밴드가 만져지지 않았다. 가슴에 밴드를 붙였던 게 들키는 바람에 붙이지 않았다는 걸 떠올렸다.

아빠의 책상 서랍을 열었다. 어디에도 밴드는 보이지 않았다. 온갖 병을 다 치료하는 종합병원에 일회용 밴드 하나가 없다니! 순간 아드레날린이 급격히 분비되며 화가 나 미칠 것 같았다. 나는 연구실 문을 소리 나게 쾅 닫고는 병원을 빠져나왔다.

병원 앞 약국에서 일회용 밴드를 샀다. 상가 화장실 문을 걸어 잠그고 재빨리 접착 면에 붙은 비닐을 떼어 냈다. 두꺼운 패딩과 스웨터 때문에 손이 왼쪽 가슴까지 닿지 않았다. 한 손으로 더듬거리며 붙이려니 밴드의 접착 부분이 서로 달라붙어 버렸다.

새 밴드를 꺼내 포장을 뜯었다. 이번에는 스웨터 목 부분을 최대한 잡아당겨 늘렸다.

드디어 성공! 밴드를 붙이자 쿵쿵거리며 귀에까지 들리던 심장 박동이 가라앉기 시작했다. 허, 이렇게까지 밴드에 집착하는 내가 이해되지 않았다.

도대체 내 뇌에 무슨 일이 벌어진 걸까?

약국 상가를 나와 사거리 신호등 앞에 서서 신호가 바뀌길 기다렸다. 거리는 온통 새하얀 눈으로 뒤덮여 있었다. 급하게 약국을 찾느라 눈이 내리고 있는지 몰랐다.

신호가 바뀌었다. 이대로 길을 건너면 50미터 앞에 지하철역이다. 집으로 돌아가고 싶지 않았다. 대각선 방향으로 건널목을 건넜다. 발걸음을 옮길 때마다 뽀득뽀득 눈 밟히는 소리가 듣기 좋았다.

회색 구름이 하늘을 뒤덮었고 눈송이들이 바람을 타고 부유했다. 허공을 향해 손을 뻗어 눈송이를 잡았다. 손바닥에 닿은 눈송이가 체온에 녹아내려 물방울이 됐다.

어디선가 아이들이 떠드는 소리가 들렸다. 걸음을 멈추고 주변을 두리번거렸다. 바로 앞 아파트 단지 내 유치원 건물에서 아이들이 우르르 몰려나왔다. 눈송이를 뭉치고 눈사람을 만들었다. 그러다 한 아이에게 시선이 갔다.

그 아이는 다른 아이들과 멀찍이 떨어져서 하늘을 바라보며 눈을 감고 서 있었다. 아이의 얼굴 위로 차가운 눈이 소리 없이 쌓여갔다. 아이는 혀를 내밀어 날름날름 눈을 받아먹기 시작했다. 선생님이 아이 손을 잡아끌며 그러면 안 된다고 주의를 줬다. 아이는 아랑곳하지 않고 계속 혀를 날름거렸다. 아이의 행동이 재밌어 보이는지 다른 아이들도 따라 했다. 선생님들이 손짓으로 그만하라고 제지하자 다른 아이들은 놀이터 바닥에 쌓인 눈을 모아 눈사람을 만들기 시작했다. 그 아이는 여전히 혀를 내밀며 눈을 받아먹었다.

계속 발걸음을 옮겼다. 혀를 비쭉 내민 채. 차가운 눈송이가 혀에 닿았다. 언젠가 이 눈송이를 먹은 적이 있다는 걸 떠올렸다. 그만 웃음이 터졌다. 그러니까 나는 눈 맛이 궁금한 아이였다.

뇌수술을 받고 중학교에 입학한 그해 기억이 났다. 유난히 꽃샘추위가 매서운 날이었다. 운동장에 나온 반 아이들이 몸을 떨며 내 주위로 모여들었다. 우리는 바짝 어깨를 붙이고 서로의 체온을 나

늦다.

"춥다. 빨리 교실로 들어갔으면 좋겠어."

반 아이 중 하나가 내 손을 꽉 잡으며 웃었다.

"로운아, 내 손 차갑지?"

나는 놀란 눈으로 고개를 끄덕였다. 누군가 내게 물었다.

"로운이 넌 언제부터 공부를 잘했어?"

순간 심장이 덜컹거렸다. 나는 우물쭈물 작은 소리로 대답했다.

"나 원래 공부 되게 못 했어."

"에이, 거짓말. 우리 엄마가 너 학원 어디 다니는지 물어보래."

"나 학원 안 다니는데."

"하나도?"

아이들이 못 믿겠다는 듯 고개를 저었다.

"응. 난 책 읽으면 단어가 외워지고 그냥 문제가 풀려."

"우리 엄마가 너 천재라고 하던데. 진짜네."

누군가가 나를 칭찬하고 부러워하다니 한 번도 겪어 보지 못한 경험이었다.

아이들이 계속 나만의 공부법이 있는지, 어떻게 영어 단어를 암기하는지 물었다. 난 나만의 공부법은 물론 애써 영어 단어를 암기해 본 적이 없었기에 할 말이 없었다. 그러다 언니가 공부 브이로그를 하고 있다고 말했다.

"이루리? 전교 회장이 너희 언니였어?"

아이들이 호기심 가득한 눈빛으로 휴대폰을 꺼내 유튜브를 열었다.

"우아, 부럽다. 우리 언니도 공부 브이로그 했으면 좋겠다!"

"대박, 구독자만 천 명이 넘어. 너희 언니 진짜 대단하다!"

사람들이 나를 천재라고 부를 때면 불편해 숨고 싶었는데, 루리 언니에 대한 칭찬을 들으니 가슴이 부풀고 기분이 좋았다.

"언니가 브이로그 영상 찍을 때 옆에서 본 적 있거든. 말 진짜 잘하고 자막, 음악 선곡까지 정말 센스 있어. 너희도 우리 언니 브이로그 구독해 주고 '좋아요' 눌러 줘."

"이로운, 너희 언니 브이로그 홍보하는 거야? 귀엽네!"

"그러니까. '이루리의 공부 브이로그' 구독과 좋아요, 꼭 부탁드립니다!"

아이들이 인기 유튜버를 흉내 내며 까르륵 웃었다.

"이로운, 너도 유튜버 해 봐. '천재의 일상 브이로그' 어때? 우리가 홍보할게."

"말도 안 돼. 난 언니처럼 특별한 재능이 없어."

나는 크게 손을 내저었다. 아이들은 내가 천재적인 머리를 갖고 있지만 잘난 체하거나 우쭐하지 않은 모습을 좋아했다. 모두를 편견 없이 대했고 누군가는 그런 나를 순수하다고 했다.

문득 걸음을 멈추고 하늘을 올려다봤다. 차가운 눈송이가 내 뺨에 닿아 녹아내렸다.

울음 섞인 웃음이 터져 나왔다.

"난 눈송이를 먹는 아이였어!"

지나가는 사람들이 이상한 눈으로 쳐다봤지만 상관없었다. 거리의 소음과 빛이 점점 희미하게 느껴졌다.

"미안해…. 정말 미안해."

나는 누구에게 하는 사과인지도 모르면서 중얼거렸다. 어디로 가는지도 모른 채 계속 걸었다.

망각이라는 선물

한참 동안 거리를 배회하다 지하철을 타고 집으로 돌아왔다.

현관문을 열자마자 엄마와 아빠가 허둥지둥 뛰쳐나왔다. 아빠가 이 시간에 집에 있는 것도 이상했지만 두 사람이 나란히 서 있는 모습은 기괴했다. 마치 완벽한 가족인 척하는 사진 속 한 장면 같았다.

아빠가 먼저 입을 열었다.

"지금까지 어디 갔다 온 거야? CT 촬영 결과 보고 연구실에 갔는데 네가 없어서 얼마나 걱정했는지 알아?"

아빠의 말이 채 끝나기도 전에 엄마가 끼어들었다.

"이로운, 휴대폰 안 가져갔어? 전화 좀 받지! 엄마가 몇 번을 전화했는데!"

엄마, 아빠의 반응이 당황스러웠다. 평범한 부모님처럼 굴고 있었다.

"자자, 여기서 이러지 말고 다들 집 안으로 들어가자. 이럴 때일수록 우리가 침착해야 해."

두 사람은 이미 침착과는 거리가 멀었다. 엄마는 벌겋게 달아오른 얼굴로 화를 냈고, 아빠는 불안한 듯 계속해서 같은 자리를 오갔다.

거실 통유리창 너머로 눈이 그친 게 보였다. 늦은 오후의 햇살이 길게 거실 안으로 파고들었다. 언니는 소파 한쪽에서 잔뜩 몸을 웅크리고 앉아 있었다. 언니의 머리카락 위에서 황금빛 햇살이 반짝거렸다.

엄마가 내 손을 잡아끌며 소파에 앉혔다.

"로운아, 놀라지 말고 들어."

그새 엄마는 잊은 모양이었다. 나는 감정의 변화가 거의 없는 '감정 조절 장애' 상태라는 걸.

언니가 손으로 얼굴을 감싼 채 울음을 터뜨렸다.

"이게 다 최원호 때문이야."

엄마의 목소리는 차분했지만, 눈빛은 불안하게 흔들렸다.

"루리야, 진정해. 아직 확실한 건 아무것도 없어. 우리 침착하게 상황을 파악해 보자."

"무슨 일이야? 나도 알아듣게 말해."

엄마가 내 옆으로 바짝 다가와 말했다.

"로운아, 네가 병원에 간 사이 재원학교에서 전화가 왔어. 누군가 이번 네 합격이 불공정하다고 제보했대."

언니를 슬쩍 보니 얼마나 울었는지 눈이 붉게 충혈되어 있었다.

"누가 그랬대?"

"그게 익명이래. 학교 측에서도 모른대. 알아도 우리한테 말해 줄 수 없고. 공식적으로 조사를 하지 않으면 제보자가 직접 신원을 밝히겠다고 했대."

"아무리 생각해도 최원호 같아. 걔 이번에 3차에서 떨어졌거든."

언니는 영재원 친구한테 최원호가 최종에서 떨어졌다는 소식을 들었다고 했다.

"다 내 잘못이야. 원호한테 너 뇌수술 받은 거 말해 버렸어. 재원학교에서 떨어지고 너무 힘들어서…."

언니는 최원호 때문이라고 했다가 이번엔 자기 잘못이라고 했다. 만약 제보자가 나라는 걸 알면 어떤 반응을 보일까?

병원에 가려고 지하철을 탔다. 나는 병원까지 걸어가며 재원학교에 전화를 걸었다. 그동안 계획했던 걸 더 이상 미룰 이유가 없었다.

므네모시네 뇌수술을 받아 천재가 된 사실을 세상에 공개하는 건 오래전부터 생각하고 있었다. 그게 하필 왜 재원학교 합격 이후였냐면….

뇌수술을 받기 전까지 선생님들은 내가 딴소리한다고 나무랐고 아이들은 그런 나를 미끄럼틀에서 밀었다. 억울하고 화가 났지만 어떻게 감정을 언어로 표현해야 하는지 몰랐다.

하지만 뇌수술 이후 사람들의 태도는 완전히 달라졌다. 아니, 내가 달라졌다.

나는 천재적인 뇌로 빠르게 세상의 지식을 배워 갔고 적확한 단어들을 조합해 논리적으로 말할 수 있게 됐다. 그리고 세상은 능력 있고 똑똑한 사람에겐 더 많은 기회를 주는 반면, 그렇지 않은 사람에겐 자신을 의심하게 만들어 결국 벼랑 끝으로 몰아간다는 사실을 깨달았다.

뇌수술로 천재가 된 것도 모자라 나는 언니가 가고 싶어 하는 재원학교에 합격했다. 반면 매일 공부 플래너를 쓰고 타이머로 공부 시간을 재던 언니는 1차 서류에서 떨어졌다. 때론 노력한 만큼 원하는 결과가 나오지 않을 수 있다. 언니는 그걸 안간힘을 쓰며 받아들이고 있었다.

나는 언니를 보며 깨달았다. 언니가 아무리 열심히 노력해도 나만큼 될 수 없다는 걸. 재원학교에 직접 전화를 걸었다. 그리고 내 합격은 공정하지 않다고 말했다.

엄마가 내 손을 잡고는 쓰다듬었다. 이렇게 하면 내가 받을 충격이 덜할 거로 생각한 모양이었다.

"로운아, 지금 많이 놀랐고 혼란스러울 거야."

내가 피식 웃으며 말했다.

"난 또 뭐라고. 누가 사고라도 난 줄 알았잖아."

"그래, 우리가 너무 과민 반응을 보인 것 같네. 네가 이렇게 침착한 모습을 보여 주니 엄마도 안심이 된다."

엄마가 부엌으로 가서 물과 함께 알 수 없는 약을 삼켰다.

아빠는 거실 창가에 서서 우리를 보고만 있었다. 아빠는 대기권 밖에서 빙빙 돌기만 하는 인공위성처럼 가까이 다가오지 않았다. 그 모습을 보니 언니가 아빠에게 느꼈을 소외감이 무엇인지 조금은 알 것 같았다.

"어차피 일이 이렇게 된 거 우리가 같이 이성적으로 잘 헤쳐 나가면 돼. 지금까지 그랬던 것처럼."

아빠는 우리 가족이 위기에 강하다는 말도 했다. 그 위기는 대부분 나로 인해 발생했을 거였다.

"아빠, 기억해? 예전에 나한테 물었던 거. 므네모시네 뇌수술은 신에 대한 도전이었다고. 장애를 가지고 태어났어도 사람들에게 차별받지 않는 방법이 있다면, 나한테 어떤 선택을 하겠냐고 했잖아."

여전히 나는 그 질문에 대한 답을 찾지 못했다. 므네모시네 뇌수술이 누군가를 치료하는 데 도움이 될 수 있으니까.

"근데 그거 알아? 뇌수술 전 나는 다른 사람들에게 차별을 받았지만, 집에서도 마찬가지였다는 거."

이제 나는 유별나서 부모님에게 버림받을까 봐 두려워 울던 어린아이가 아니다. 아빠 말대로 뇌수술 후 사람들은 내가 많은 걸 할 수 있는 특별한 사람이라고 칭찬하며 부러워했다. 단 세 사람을 제외하고.

"엄마와 아빠, 언니는 뇌수술 전이나 마찬가지로 나를 다르게 대했어. '결코 네가 잘나서가 아니야. 잊지 마. 넌 그저 뇌수술을 받아 천재가 됐을 뿐이라는 걸'."

가족들의 표정이 굳었다. 나는 숨을 깊게 들이마시고 말을 이었다.

"엄마, 아빠는 내가 아무것도 모를 거라고 생각했겠지. 그래서 나한테 숨겼던 거야. 언제까지 이걸 비밀로 할 생각이었어?"

아빠가 대답했다.

"물론 영원히 숨길 수는 없다고 생각했어. 네가 성인이 돼 자리를 잡은 다음에나 세상에 공개해도…."

나는 화가 나서 아빠와 엄마를 노려봤다. 날카로운 내 목소리가 거실을 가득 메우며 울려 퍼졌다.

"언제까지 엄마가 므네모시네 프로젝트의 공동 연구자였다는 걸 나한테 숨길 생각이었냐고!"

"이게 다 무슨 소리야?"

언니가 놀란 눈으로 엄마와 아빠를 번갈아 바라봤다.

"여긴 집이 아니었어. 내 뇌수술 결과를 관찰하는 실험실이었지. 난 두 의사의 위대한 성과를 위해 므네모시네 뇌수술을 받은 거였어!"

차라리 계속 눈이 내렸으면 좋았을 텐데···. 그랬다면 이 말을 꺼내지 않았을지 모르겠다. 하지만 나는 알고 있었다. 언제까지나 내 기억 속에만 묻어 둘 수 없다는 걸. 어째서 유독 이 기억만은 시간이 지날수록 더 선명해지는지 모르겠다.

"엄마, 아빠가 나에 대해 어떻게 생각하는지 알고 있었어. 언니가 말해 줬거든."

엄마의 얼굴이 창백해졌다. 아빠는 말없이 고개를 숙였다.

"두 분이 내 수술 때문에 싸웠던 날, 언니가 나한테 게임을 하자고 했어. 진짜와 가짜가 무엇인지 알아맞히는 게임 말이야."

나도 알고 있다. 수술 전엔 내 기억력이 좋지 않았다는 걸. 차라리 이 기억이 내가 만들어 낸 거라면 얼마나 좋을까.

"언니가 말했어. 내가 뇌수술을 받으면 우리 가족이 완벽해질 거라고 했어. 나는 뇌수술을 받아야만 우리 가족의 완벽한 일원이 될 수 있는 거였어."

언니가 놀라서 입을 벌린 채 나를 쳐다봤다.

그때 나는 '완벽하다'는 말이 무슨 뜻인지도 몰랐다. 언니가 사전을 찾아 단어의 뜻을 설명해 줬다. '결함이 없이 완전하다'는 뜻이라고 했다.

"나는 그게 가짜라고 했지만, 언니는 그게 진짜라고 했어. 부모님이 그렇게 말하는 걸 들었다고 했어."

설령 부모님이 그 말을 한 적이 없다거나 언니가 잘못 들었다고 할지라도, 그런 생각조차 해 본 적이 없다고 말하지 못했다. 굳이 말하지 않아도 내가 이미 알고 있다는 게 더 가슴 아팠다.

왼쪽 가슴에 저절로 손이 갔다. 일회용 밴드가 손끝에 닿았다. 다행이었다.

거실 유리창 밖이 어둑어둑해졌다. 누구도 불을 켜려 하지 않았다.

엄마가 자리에서 일어나 거실 등을 켰다. 쨍한 불빛에 우리 모두 눈을 찡그렸다.

"엄마가 예전에 입시 학원가에서 정신과 병원을 운영했었다는 건 너희도 알 거야. 그때 환자의 대부분이 청소년이었어. 부모들은 자녀가 공부에 집중 못 하니 약을 처방해 달라고 했어. 각성제 같은 걸 말이야."

그 약을 먹었을 때가 떠올랐다. 심장이 너무 빨리 뛰어서 응급실에 간 적도 있었다. 때론 악몽을 꿔서 자다가 소리를 지르기도 했다. 부작용 때문이었다.

"물론 나는 아무 문제가 없는 아이들에게 약을 처방하지 않았어. 대신 부모들에게 말했지. 있는 그대로 아이를 인정하고 따뜻한 말로 격려해 달라고. 정작 난 우리 딸을 있는 그대로 받아들이지 못하면서 말이야. 완벽한 부모가 어떤지 잘 아는 만큼 나 자신에게 수없이 실망했어."

물론 어른들도 완벽하지 않다는 건 안다. 나 때문에 얼마나 힘들었을지도 짐작할 수 있다. 그렇다고 어떻게 열세 살짜리 뇌에 신경자극기를 집어넣을 생각을 할 수 있지?

아빠가 멀찍이 거실 창가에 서서 말했다.

"로운아, 아빠가 엄마를 설득했어. 므네모시네로 뇌의 인지 기능을 강화해도 감정이 불안정하면 실험은 실패할 수 있으니까."

아빠가 급하게 말을 이었다.

"물론 윤리적인 문제도 있었지. 우리도 의사로서, 부모로서 이 결정이 옳은지 고민 많이 했어."

예전에 본 신문 기사가 떠올랐다. '아이는 부모를 항상 용서한다.' 아이에게 부모는 세상의 전부이기에 결국 용서하게 된다는 내용이었다. 글쎄, 전두엽이 발달하고 성숙한 판단력을 갖춘 후에도 그럴까?

"엄마는 처음엔 반대했어. 근데 수술하려면 엄마의 지식이 꼭 필요했어. 그렇게 수술이 성공하고 나서 우리는 더 큰 꿈을 꾸게 됐어. 우리 로운이처럼 다른 아이들에게도 이런 기회를 줄 수 있지 않을까…."

"그건 엄마 아빠의 꿈이지. 내 꿈은 아니었잖아? 그냥 나를 있는 그대로 받아 줄 수는 없었어? 꼭 그렇게 내 뇌에 '므네모시네'를 넣어야 했던 거야?"

누군가는 똑똑해지고 인정받게 됐으니 좋은 것 아니냐고, 세상엔 나 같은 기회조차 얻지 못하는 사람이 얼마나 많은데 무슨 불평불만이 많으냐고 나무랄지도 모르겠다.

실제로 뇌수술 후 나는 놀라운 속도로 지식을 흡수했다. 처음엔 그냥 신기하고 좋았다. 도파민 분비가 활성화되면서 한 번도 느껴보지 못한 쾌감을 느꼈다. 한편 칭찬과 인정이라는 도파민 중독에서 벗어나지 못한 것도 사실이었다. 나는 더 많은 것이 알고 싶고 더 완벽해지고 싶은 욕망에 사로잡혔다.

가장 큰 문제는 점점 내가 이룬 성취를 정당화한다는 거였다. 뇌수술을 받긴 했지만, 나도 이만큼 노력했잖아? 최적의 뇌 상태를 유지하기 위해 억지로라도 잠을 자고, 감정을 억누르고, 아무도 풀지 못한 수학 문제를 증명해 냈을 때 그 기쁨조차 온전히 느끼지 못하잖아?

"뇌수술을 했다고 내가 행복해졌을 거라고 생각해? 지금 이 순간에도 내가 느끼는 게 진짜 내 감정인지, 므네모시네가 만든 반응인지 알 수가 없어."

뇌수술 전이나 후나 여전히 나는 감정을 스스로 조절하지 못했다. 이 모든 걸 알면서도 자신들의 결정이 옳았다고 말하는 엄마 아빠가 '정상'이라면, 나는 '정상'이 되길 거부한다.

"난 므네모시네가 시키는 대로 하는 기계가 아니야!"

엄마가 내게 다가왔다. 그러더니 무너지듯 자리에 주저앉았다.

"로운아, 사실은 엄마가 아빠한테 부탁했어. 너한테 내가 이 수술 연구에 참여했다는 걸 말하지 말아 달라고 했어. 엄마는 이런 날이 올 게 무서웠어. 네가 실망할까 봐. 우리가 한 선택이 너를 더 힘들게 할까 봐. 엄마가 정말 미안해."

　아빠는 끝까지 멀리 서서 우리를 지켜보고만 있었다. 대기권으로 진입하면 폭발해 버리는 인공위성처럼. 참 한결같다.

호모 스투디오수스

방바닥에 놓인 여행용 가방을 내려다보며 콧노래를 흥얼거렸다.

"가만. 여행이 길어질 것 같으니까, 반팔이랑 반바지도 챙겨야지. 나머지는 필요할 때 현지에서 사면 되고⋯."

이렇게 쉽게 떠날 수 있다니 믿기지 않는다. 왜 지금까지 말하지 못했는지 후회하진 않는다. 모든 일에는 다 때가 있는 법이니까.

며칠 전 부모님께 집을 나가겠다고 말했다. 가출은 아니라 여행이라고 했다. 그것도 해외라고 했다.

이번에 엄마는 찬성했고 아빠는 반대했다. 단, 아빠와 같이 간다면 좋다고 했다. 타협은 없어 보였다. 나는 순순히 받아들였다. 아빠는 인공위성이 대기권 밖으로 나가는 건 쉬워도 재진입할 때가 가장 위험하다는 건 알고 있을까? 모르진 않을 것 같았다.

나에 관한 기사로 며칠째 매스컴이 시끄러웠다.

신경과 의사들이 방송에 나와서 므네모시네 신경자극기의 원리를 설명했다. 현재 알츠하이머나 파킨슨병 같은 뇌신경 질환 치료에 쓰는 기술을 사용했다고 했다. 더불어 환자의 존엄성을 무시한 행동이라고 비난했다.

아빠는 대학병원 심의위원회 결정을 기다리고 있다. 대학 교수가 딸의 입시 합격을 위해 뇌수술까지 강행했다며 파면해야 한다고 난리다.

의외로 아빠는 별다른 감정의 동요가 없었다. 이미 각오한 모양이었다. 하지만 계속 울려 대는 휴대폰 진동은 견디기 힘들어했다. 각계각층의 사람들이 자기 자녀에게 뇌수술을 해 줄 수 있는지 끊임없이 연락해 왔다. 심지어 어떤 사람은 전 재산을 다 줄 테니 므네모시네 뇌수술만 받게 해 달라고 했다.

아빠가 내 뇌 CT 결과를 보여 줬다. 내 전두엽에 심었던 므네모시네가 작동을 멈췄다. 언제부터인지인지는 정확하게 모르겠지만.

그 말을 듣자마자 웃음이 터졌다. 어쩌면 기억의 신 므네모시네는 기계로 취급되는 걸 참을 수 없었는지도 모른다. 아니면 내 뇌가 "이제 그만!" 하고 스스로 꺼 버린 걸 수도 있고.

누군가는 나한테 이렇게 말할지도 모른다. 넌 뇌수술 덕분에 똑똑해졌던 거야. 지금 상태로 재원학교 시험을 본다면 과연 붙을 수 있을까?

글쎄, 내가 왜 재원학교 시험을 다시 봐야 하지? 난 누구한테 내가 똑똑한 걸 증명할 이유가 없어!

므네모시네가 멈췄다는 걸 알게 되자, 제일 먼저 가슴에 붙였던 일회용 밴드부터 떼어 냈다. 그 순간 뭔가 후련하면서도 무서웠다. 그래서 내 발로 병원을 찾아갔다. 내 뇌가 어떻게 되고 있는지 알고 싶었다.

의사 선생님은 므네모시네가 내 뇌의 시냅스 연결을 강화했었다고 했다. 이제 그게 없어져서 내 뇌는 원래대로 돌아가는 중이라고 했다. 그런데 '원래'라는 게 뭘까? 내 뇌는 므네모시네가 없었어도 계속 변하고 있었을 텐데. 수술을 안 했어도 나는 그냥 내 방식대로 자라고 있었을 거다.

약을 처방받았다. 약 때문인지 몸에 힘이 없고 입맛을 잃어 며칠을 그냥 누워 있었다. 가끔은 므네모시네가 미친 듯이 그리웠다. 모든 게 선명하고 또렷했던 그때로 돌아가고 싶었다. 그런 생각이 들 때마다 스스로에게 실망했다. 한편 이런 내 모습이 진짜 나일지도 모른다는 생각이 들었다. 완벽하지 않고, 때론 모순된 감정을 느끼는 나. 이게 언니가 말한 인간적인 감정일지도 모른다.

나에게 맞는 약을 찾자 흐릿하던 정신이 차츰 또렷해졌다. 물론 므네모시네가 작동할 때 비하면 비교도 되지 않았지만. 일상에 집중할 수 있는 것만으로도 감사했다. 가끔은 일부러 약을 먹지 않기도 했다. 매번 최선을 다해 사는 삶이 벅차고 지긋지긋했다.

아빠가 여행 날짜를 앞당겼다. 왜 그런지 알 것 같았다. 요즘 난 아무 문제 없이 해냈던 몇 가지 일들을 잘 못하고 있다.

언니가 내 방문을 열고 들어오더니 말을 삼켰다. 나도 안다. 방은 엉망진창인데 뭐부터 해야 할지 모르겠다, 짐을 싸야 하는데 책도 읽고 싶고, 유튜브가 보고 싶은 걸 나보고 어쩌라고.

언니가 공부 플래너를 내밀었다.

"네가 하루를 어떻게 보내고 싶은지 적어 보면 좋을 것 같아서. 플래너에 계획을 세우고…."

순간 짜증이 확 치밀었다.

"언니, 지금 그게 중요해?"

내 목소리가 높아지자, 엄마가 놀라 내 방문을 열었다.

"엄마, 노크 좀 하고 들어와!"

엄마가 손을 들어 사과했다.

"아, 미안."

내가 왜 이러지? 예전의 나라면 이렇게 감정적으로 행동하지 않았을 텐데. 숨을 깊게 들이마시며 진정하려 했다.

"엄마, 짜증부터 내서 미안해."

나는 언니가 건네준 공부 플래너를 받아 들었다.

"이걸 잘 쓸지는 모르겠지만. 노력은 해 볼게."

언니가 내 침대에 걸터앉으며 말했다.

"로운아, 나 계속 생각해 봤는데…. 그때 난 네가 뇌수술 받기를 바랐을지도 모르겠어."

언니가 아직도 내가 한 말을 신경 쓰고 있다니 기분이 좋았다.

"네가 뇌수술을 받았든 안 받았든, 넌 항상 소중한 내 동생이야. 이 말을 꼭 하고 싶었어."

다시 짐을 싸기 시작했다. 언니가 내 옆에 앉아 양말을 접었다. 발목에 수 놓인 하얀 토끼가 잘 보이게. 나는 언니가 건네준 양말을 트렁크에 차곡차곡 넣었다. 언니가 선물해 준 공부 플래너는 지퍼가 달린 주머니에 구겨지지 않게 잘 챙겨 넣었다.

"언니, 최원호 선배랑 연락해?"

"아니. 난 걔가 어떤 사람인지 모르겠어."

"예전에 최원호 선배에 대해 얘기한 거 미안해. 그때는 내가 다 안다고 생각했어. 언니 말대로 어떤 감정은 과학적으로 설명할 수 없어. 그냥 느껴야 해."

"원호가 나한테 가까운 사람이 상처받는 걸 보지 않는다고 말했을 때, 정말 화가 났거든. 근데 왜 그렇게 기분이 나빴는지 생각해 보니까 원호 말이 맞더라. 난 다른 사람의 인정과 칭찬만 중요했으니까."

언니의 말에 가슴이 뭉클해졌다. 감정이라는 거친 파도에 휩쓸려 본 사람만이 할 수 있는 말 같았다.

"참, 원호 선배한테 뇌수술 받는 건 다시 생각해 보라고 해. 므네모시네가 완벽한 기계는 아니었다고 말이야."

"사실 놀이터에서 너희 둘이 이야기하는 거 들었어. 다 들은 건 아니고, 원호가 자기도 뇌수술 받고 싶다고 했던 말부터…."

언니가 고개를 떨구더니 미안해했다.

"다른 사람한테 네 뇌수술 이야기를 했다니. 그때 난 제정신이
아니었어."

"내가 뇌수술을 받고 천재가 된 건 맞잖아."

"그래도 어떻게 내가 너한테 그래."

루리 언니, 원호 선배, 나. 우리는 모두 마음속 상처를 안고 살았
다. 그 상처가 드러났을 때 조절할 수 없는 감정 버튼도 하나씩 있
었다. 누군가는 인정받고 싶어 했고, 누군가는 이기고 싶어 했고,
누군가는 완벽해지고 싶어 했다.

"그래도 원호 선배는 솔직하긴 하더라."

나는 원호 선배가 했던 말을 그대로 흉내 냈다.

"결국 우리같이 똑똑하고 강한 사람들이 이 세상을 움직이게 될
거야. 성공 사다리에서 맨 꼭대기에 올라가는 거라고."

내가 원호 선배의 몸짓까지 따라 하자 언니가 소리 내 웃었다.

"너 그걸 다 기억해?"

"그것만 기억하는 줄 알아?"

나는 원호 선배가 했던 말을 줄줄 읊었다. 정확히 기억나진 않
지만. 언니의 표정이 점점 편안해지는 게 보였다. 언니는 내가 하
는 말은 하나도 듣고 있지 않았다. 그냥 내 표정을 따라 웃다가 화
내다가 심각해지다가 울었다.

"언니, 왜 울어?"

"네가 벌써 보고 싶어서."

언니는 꼭 여행을 가야 하냐고 물었다.

"언니, 므네모시네가 작동 안 된다고 했을 때, 내가 제일 먼저 하고 싶은 게 뭐였는지 알아?"

"여행이구나."

"응."

그동안 내 뇌의 주인은 내가 아니었다. 나는 그저 므네모시네가 최적의 상태로 잘 작동하기 위해 있는 존재일 뿐이었다. 매일 똑같은 하루를 보내면서 그나마 숨을 쉴 수 있었던 건 유튜브에 영상을 만들어 올릴 때였다.

그곳에서 난 뇌수술을 받은 천재도, 실험 대상도, 유별난 아이도 아니었다. 그냥 내가 상상한 걸 마음껏 만들고, 하고 싶은 말을 자유롭게 자막으로 넣었다. 때론 누군가에게 직접 말하기 어려웠던 걸 물어보기도 했다.

└, 루리 님은 남자친구를 사귀고 싶은 생각 있나요?

요즘은 유튜브 영상을 만들려고 해도 뭘 해야 할지 모르겠다. 자막을 넣으려고 해도 마냥 자판만 쳐다보고 있다. 예전엔 한 시간이면 영상 하나를 뚝딱 만들었는데 일주일을 꼬박 앉아 있어도 하나도 못 만들었다. 결국 난 '호모 스투디오수스' 채널을 닫아야 했다.

그 생각만 하면 가슴이 아팠다. 나도 모르게 왼쪽 가슴을 꾹 눌렀다. 언니가 내 손을 잡았다.

"로운아, 넌 이미 있는 그대로 특별해."

참았던 눈물이 왈칵 쏟아졌다. 언니가 나를 꼭 안아 줬다.

한참을 울고 나니 배가 고파졌다. 우리는 배달 음식으로 뭘 시켜 먹을까 검색했다. 그러다 보니 아까 내가 왜 울었는지 기억이 나지 않았다. 예전처럼 또렷하게 기억하지 못하는 게 아쉽기도 하지만 한편 마음이 가벼워지는 것 같다.

부엌 식탁 앞에 앉아 엄마가 공부하고 있었다. 입시 학원가에 있는 정신건강의학과 병원에서 다시 일을 시작하기로 했다. 오래 쉬어서 공부할 게 많다고 온종일 책만 들여다보고 있는데, 어쩐지 잘 맞는 일을 되찾은 것 같았다.

나는 엄마의 맞은편 의자에 앉았다.

"엄마, 난 이제 많은 걸 기억하지 못할 거야. 근데 그게 오히려 다행일지도 몰라. 엄마 아빠한테 계속 화낼 수 없으니까. 미워만 하고 있기엔 내가 너무 소중하니까…."

엄마의 얼굴이 빨개지더니 눈물을 글썽였다. 그러면서 고맙다는 말을 계속했다.

가슴이 따뜻해지면서 웃음이 나왔다. 이렇게 마음껏 웃을 수 있다는 게 너무 좋아서 더 크게 웃었다. 므네모시네는 이걸 '세로토닌 분비'라고 했겠지만, 나는 그냥 행복하다고 말하고 싶다.

내 웃음소리에 아빠가 서재에서 뛰어나왔다. 우리 셋을 번갈아 보더니 멍하니 서 있었다.

기억의 신, 므네모시네는 떠났지만 대신 나에게 망각이라는 선물을 줬다. 완벽한 기억력으로는 절대 알 수 없었던 것들을 이제야 알게 됐다. 뭔가를 새로 배우는 게 재밌을 줄이야. 게다가 내 감정이 이렇게 다양하고 풍부한 줄 몰랐다.

어제는 여행 준비물을 사러 나갔다 길을 잃었다. 예전 같으면 엄청 화나고 나한테 실망했을 텐데, 이상하게 즐거웠다. 길을 찾는 동안 예쁜 카페를 발견했고 친절한 할머니도 만났다. 실수도 때론 좋은 경험이 될 수 있다는 걸 처음 알았다.

이제 난 특별한 여행을 떠나려고 한다. 내가 뭘 좋아하는지, 내가 누구인지 찾아가는 여행. 이 여행에서 새로운 나를 만나겠지. 가끔은 혼란스럽고 무섭기도 하겠지. 그래도 괜찮다. 이게 진짜 나니까!

다시, 루리

D+189

[VLOG]

안녕하세요, 이루리예요.

정말 오랜만에 영상을 찍었어요.

많은 분들이 저를 걱정해 주셨어요. 죄송하고 감사해요.

그동안 많은 일이 있었어요. 어디서부터 말씀을 드려야 할지 모르겠어요.

저에겐 뇌수술을 받고 천재가 된 동생이 있어요. 네, 맞아요. 한참 화제가

됐던 이로운이 제 동생이에요.

사실 로운은 어렸을 때부터 특별했어요. 잠시도 가만히 있지 못하고 집중

도 잘 못 했어요. 그만큼 호기심도 많았고 남달랐죠. 하지만 저를 포함해

주변 사람들은 그런 로운이를 이해하지 못했어요. 자꾸만 규칙을 어기는 행동을 한다고 했어요.

그러다 로운은 위험을 무릅쓰고 뇌수술을 받게 됐고 천재가 됐어요. 그러자 이번엔 또 다른 이유로 사람들은 비난했어요. 출발선부터 다르다고요. 로운은 뇌수술 받기 전에도 공정한 출발선에 서 본 적이 없는데 말이에요.

지금까지 저는 정답만 찾는 공부를 해 왔어요. 답이 틀리면 오답 노트를 만들어 정답을 외우고 또 외웠죠. 그랬기에 저에겐 무엇보다 결과가 중요했어요.

나는 임금님이 벌거벗고 있다는 사실을 외치기에 급급했다. 정작 임금님이 왜 벌거벗고 거리로 나와야 했는지 생각해 보지 못했다.

뇌수술 전이나 후나 로운이 어떤 어려움을 겪고 있는지, 왜 그런 선택을 했는지 이해하려 하지 않았다. 그저 천재가 됐다는 것, 나처럼 몇 번씩 반복 학습하지 않아도 된다는 것, 재원학교에 합격한 것만 부러워했다.

누군가를 부러워하고 질투하는 건 쉬웠다. 그 사람이 얼마나 노력하고 그 시간을 버텼는지는 굳이 알고 싶지 않았다. 그래야 내 노력과 열심이 더 특별해지니까.

그런데 누군가에게는 노력할 기회조차 허락되지 않는다면? 모두가 공정한 출발선에서 경쟁하고 있는 게 아니라면?

노력하고 열심히 하는 것도 기본적인 조건이 필요하다는 걸 알게 됐다. 우선 뇌가 어느 정도 충동을 억제할 수 있어야 하고, 도파민 분비가 너무 많아도 안 되지만 너무 적어도 안 된다. 끊임없이 의심하는 감정이 들 때도 자신을 격려할 수 있어야 하고, 공부가 쉬워서 대충하거나 너무 어려워서 포기하지 않아야 한다. 게다가 뇌가 과부하에 걸리지 않게 충분히 잠을 자고 쉬어야 한다. 물론 체력도 뒷받침되어야 한다. 거기에 학원비나 교재비 같은 현실적인 문제도 있다. 이런 불공정하고 수많은 변수 속에서 도대체 나는 왜 공부하고 있을까?

쉬는 동안 여러분이 남겨 주신 댓글을 하나하나 다시 읽었어요. 여긴 제 브이로그지만 저 혼자만의 공간이 아니었어요. 우리는 매일매일 노력의 가치를, 포기하지 않는 인내를, 오늘 하루 계획한 목표를 달성했을 때 기쁨은 물론 수많은 좌절을 함께 나누고 있더라고요.

다시 브이로그를 시작할 수 있었던 건 함께 공부한 친구들 덕분이었다. 내가 없는 브이로그로 찾아와 안부를 묻고, 영화 〈말할 수 없는 비밀〉 OST를 바이올린으로 연주한 영상을 올리고, 곧 돌아오길 바란다는 따뜻한 말들 덕분에 나는 다시 일어날 수 있었다.

북튜버 호스 님도 유튜브 활동을 중단했다가 얼마 전 다시 시작했다. 지금은 여행 중이라고 했다. 호스 님의 유튜브엔 그 흔한 관광지 사진이나 영상이 없다. 대신 천천히 구름이 흘러가는 하늘과 늦은 오후 햇살이 비추는 놀이터, 노천 시장을 헤매는 개 한 마리, 평범한 가정집의 창문, 달무리가 드리운 강, 새까만 이마가 반질반질한 아이들이 뛰노는 골목길과 끝없이 이어지는 비포장도로의 풍경이 담겨 있다. 그 아래에는 이런 짧은 글이 적혀 있었다.

ㄴ, 한때 난 모든 걸 기억할 수 있다고 생각했다. 그게 행복인 줄 알았다. 그런데 이젠 잘 잊어버리는 법을 배우고 있다. 쓸모없다고 여겼던 것들이 얼마나 소중한지를 알아 가고 있다.

중학교 졸업식을 앞두고 원호가 SNS에 글을 올렸다. 그 글에는 원호가 축구부에서 겪었던 모든 일들이 담겨 있었다.

다음 날 아침 학교가 발칵 뒤집혔다. 다들 원호 얘기뿐이었다. 뉴스에서도 크게 다뤘고 인터뷰 요청이 쏟아졌다. 원호는 고민 끝에 용기를 내 카메라 앞에 섰다.

그러고 나서 놀라운 일이 벌어졌다. 그동안 침묵했던 사람들도 하나둘 입을 열기 시작했다. 비슷한 일을 겪었다고 고백하는 사람들이 점점 늘어났다.

결국 변민규와 감독은 징계받았다. 그런데 이 사건은 한 학교의 축구부 문제로 끝나지 않았다. 성적과 순위만을 강요하는 시스템이 얼마나 많은 선수들의 꿈을 짓밟았는지 깨닫기 시작했다.

원호와 나는 같은 고등학교에 진학했고, 이번에도 같은 반이 아니었다.

올해부터 내 공부 플래너에 새로운 항목이 생겼다. 매일 한 시간씩 소설 쓰기! 순수 공부 시간이 좀 줄긴 했지만, 죄책감이 들진 않았다.

소설을 쓰는 건 생각보다 어려웠다. 아이디어가 떠올라도 막상 개요를 짜면 마음에 안 들어서 몇 번을 다시 썼다. 어떤 날은 한 시간 내내 집중하지 못하고 책상 정리만 하다 끝나기도 했다. 그래도 나, 이루리는 포기하지 않는다. 호스 님은 말했다. 내 한계를 안다고 포기해 버리면 더 멋진 사람이 될 기회마저 포기해 버리는 거라고.

요즘 쓰고 있는 단편은 외계인이 멸망시킨 지구에서 혼자 살아남은 소녀 이야기다.

점심 급식을 먹고 나서 운동장으로 나갔다. 봄 햇살이 너무 따뜻해서 교실 책상에 앉아 영어 단어를 외우고 있기 아까웠다. 이어폰을 귀에 꽂고 음악을 들으면서 머릿속으로 소설 속 장면을 생각했다.

원호가 축구를 하고 은행나무 아래 벤치에서 땀을 식히고 있었다. 날 보자마자 쪼르륵 달려왔다.

"루리야, 네 소설 말이야. 궁금한 게 있어."

원호가 진지한 얼굴로 물었다.

"다른 사람은 다 죽었는데, 어떻게 소녀만 살아남은 거야? 왜 외계인들이 걔를 그냥 놔뒀어?"

원호는 소녀가 느꼈을 감정보다 상황을 논리적으로 분석하는 데 더 집중했다.

"난 소녀가 느낀 감정을 먼저 쓰고 싶어. 절망 속에서도 살아가야 하는 이유를 찾는 과정을 이야기할 거야."

원호가 고개를 갸웃거리더니 또 물었다.

"그럴 여유가 있을까? 외계인이 죽일지도 모르는데 생존에 먼저 집중해야 하지 않나?"

원호의 말도 일리가 있었다. 둘 다 중요하다는 생각이 들었다.

"네 말도 맞아. 소녀의 감정을 먼저 이야기한 다음에 생존하는 과정을 보여 줄게. 그것도 아주 잘 살아남는 방법으로."

원호가 고개를 끄덕이더니 말했다.

"그러고 보니 난 소녀의 감정 같은 건 생각도 못 하고 있었어."

"외계인들이 소녀를 살려 둔 이유가 바로 그거야. 소녀가 외계인과 인류 사이의 오해와 갈등을 해결할 열쇠니까."

"진짜? 오, 멋진데!"

소녀는 이제 절망과 두려움을 넘어서 자신만의 방식으로 살아갈 것이다. 서로의 오해를 풀고 이해하면서 진짜 자기 모습을 찾아가겠지. 마치 우리처럼.

점심시간이 끝나는 음악이 울렸다. 방금 급식을 먹었는데도 배가 고파졌다. 새 학기 때마다 만성 식도염으로 고생했는데, 올해는 왜 이렇게 잘 먹는지 모르겠다.

"원호야, 종례하고 짜장떡볶이 먹으러 갈래? 이번엔 내가 살게."

원호가 환하게 웃었다.

"그래. 좋아!"

교실 문 앞에서 헤어지려는데, 원호가 말했다.

"있잖아, 루리야. 네 소설 다 쓰면 내가 제일 먼저 읽어 봐도 돼?"

"그래!"

캐필라노협곡 출렁다리를 걷는 것처럼 심장이 두근거렸다. 이게 단순히 신경전달물질 때문인지는 잘 모르겠다. 근데 뇌가 감정을 잘못 해석한 건지 아닌지는 직접 협곡 다리를 건너 봐야만 알 수 있지 않을까? 그나저나 로운한테 이 일을 어떻게 말하지?

활짝 열린 창문으로 봄바람이 살랑거리며 불어왔다. 나는 교실로 들어가며 숨을 깊게 들이마셨다.

우리가 느끼는 감정들, 머릿속을 스치는 생각들은 다 어디에서
오는 걸까? 왜 우리는 같은 상황에서도 각자 다르게 기억하고 느
끼며 반응하는 걸까?

이 질문에서 소설은 시작됐다. 과학자들은 1.4킬로그램밖에 되
지 않는 뇌가 이 모든 감정과 생각을 만들어 낸다고 한다. 더욱 놀
라운 건 뇌는 고정된 게 아니라, 우리가 무엇을 배우고 경험하느냐
에 따라 끊임없이 변화한다는 사실이다.

소설을 쓰면서 청소년들의 다양한 고민과 아픔을 마주하게 됐
다. 끊임없는 비교와 경쟁 속에서 자신을 증명하려 했던 루리, 상

처받은 과거를 극복하며 자신만의 방식으로 살아남으려 했던 원호, 완벽해지기 위해 자신의 본질마저 잃어버릴 뻔했던 로운까지. 이 세 명의 이야기는 결국 우리의 이야기일지도 모른다.

과학기술이 빠르게 발전하면서 인간의 한계를 넘어, 더 똑똑하고 더 완벽해지고 싶다는 유혹에 빠지곤 한다. 하지만 우리가 '한계'라고 여기는 것들이 정말 극복해야 할 대상일까? 오히려 이런 약점과 고민이 우리를 더 특별하게 만드는 건 아닐까?

이 이야기를 쓰는 동안 나도 모르게 자신에게 가혹했던 나를 조금은 이해하게 됐다. 완벽하지 않아도 괜찮다고, 있는 그대로 나를 받아들이는 법을 배워 나갔다.
이 소설을 읽는 당신도 자신을 조금 더 사랑하고 용서할 수 있길.
당신은 지금 있는 그대로 특별하니까.

| 참고한 책들 |

EBS 다큐프라임 제작팀 · 조미혜,《중2혁명》, 예담, 2014

김붕년,《10대 놀라운 뇌 불안한 뇌 아픈 뇌》, 코리아닷컴, 2021

김영훈,《아이의 공부두뇌》, 베가북스, 2012

김현수,《중2병의 비밀》, 덴스토리, 2015

리사 펠드먼 배럿 지음, 변지영 옮김, 정재승 감수,《이토록 뜻밖의 뇌과학》, 더퀘스
트, 2021

장보근,《뇌를 살리는 부모 뇌를 망치는 부모》, 예담, 2011

질 볼트 테일러 지음, 진영인 옮김,《나를 알고 싶을 때 뇌과학을 공부합니다》, 윌북,
2022

프랜시스 젠슨 · 에이미 엘리스 넛 지음, 김성훈 옮김,《10대의 뇌》, 웅진지식하우스,
2019